楊雅晴

年齡：21歲
興趣：烹飪、跆拳道
職稱：實習生

盛師大學三年級。
個性溫和知性、會為他人著想。
小時候曾經發過高燒，之後遺失部分的記憶。能看到鬼魂，誤打誤撞進入地府犯罪調查中心當實習生。

Underworld Criminal
Investigation Bureau

Underworld Criminal
Investigation Bureau

林羽田

年齡：21歲
興趣：未知
職稱：搜查官

出生於捉鬼世家。
個性冰冷、氣質神祕。
武器為黑弓、咒術，為了彌補過往的某個過錯，
被派至地府犯罪調查中心任職贖罪。

Author
馥閒庭
Illust.
Cola Chen
地府犯罪調查中心
1
1st case 請詭

本集登場人物

地府犯罪調查中心

林羽田
地府犯罪調查中心搜查官。

楊雅晴
盛師大學三年級生，地府犯罪調查中心實習生。

特林沙
地府犯罪調查中心負責人。

愛妮莎
地府犯罪調查中心職員。

Pink
地府犯罪調查中心職員。

多恩
地府犯罪調查中心驗屍官。

微星高中畢業生

陳滿華
六人團體中的領頭羊。

程雨冰
陳滿華女友，六人團體的中心。

張清華
富家公子哥，喜歡程雨冰。

周一文
體育生，陳滿華的好兄弟，喜歡程雨冰。

水玉秀
程雨冰朋友，喜歡張清華。

詹倩雯
程雨冰跟班，與楊雅晴為兒時玩伴。

陳子泉
高中時與六人組及楊雅晴同班。

余曉妍
高中時與六人組及楊雅晴同班，之後轉學。

目錄

第一章 初遇 004
第二章 中心 033
第三章 偽裝 043
第四章 開始 059
第五章 驗屍 067
第六章 私下 121
第七章 回憶 152
第八章 不及 173
第九章 通緝 208
尾聲 233

Underworld Criminal Investigation Bureau

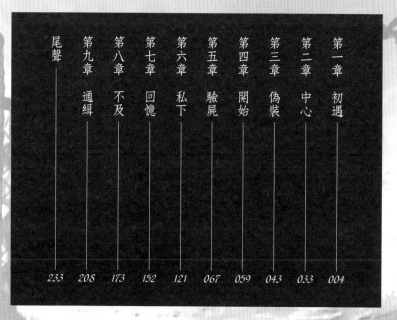

第一章 初遇

楊雅晴，盛師大學三年級，最近到懿榮公司實習，這幾天都為了市場調查在街上遊蕩。

「小姐您好！我這邊有份問卷能請您填寫一下嗎？」

楊雅晴穿著制服，下半身是方便的西裝褲，有一頭俏麗的短髮，臉上掛著有親和力的微笑，但依然沒有人願意停下來。

一旁的前輩則是穿著A字裙蹬著高跟鞋，有一些男生還願意回應，「先生您好！我們是懿榮公司正在進行問卷調查……」

一整天下來，只有兩三份文件被填寫過，楊雅晴跟前輩嘆了一口氣。

兩人坐在路邊，離七點還有幾十分鐘，街上的人群熙熙攘攘，卻沒有幾個人願意停留。漆黑的道路中，只有便利商店的燈光還發出溫暖的黃色，像是一種淒涼的安慰。

「雅晴，坐吧！」

一旁的前輩遞上冰水，坐在旁邊的椅子上。她穿著高跟鞋，站一整天腳有點吃不消了。

「沒關係，我再發一些。」楊雅晴笑道，把前輩的問卷拿到手中。

前輩虛弱地笑著，「真好，現在的大學生都這麼善良嗎？」

事實上，楊雅晴在公司的表現非常亮眼，堪稱文武雙全，文能寫出漂亮的文案，武能像現在這樣整天站著發問卷。

可惜現在在大環境的摧殘下，他們公司的老闆更是慣老闆中的精銳，把人當成畜牲用，給的卻是鬼的薪水。

楊雅晴靦腆地說：「不知道耶，不過我有在道館補習，體力算不錯吧。」

「補習？補什麼？」

一聊天，前輩的精神就來了。她看著楊雅晴消瘦的身形，俏麗的短髮有點月薪嬌妻的味道，雖說有些大手大腳，但她看膩了頂著精緻妝容，整天只會裝柔弱的女生，楊雅晴反而讓她覺得相處起來舒服很多。

「跆拳道。」楊雅晴有點不好意思地說。

「哇賽！是從小學嗎？」前輩好奇地問。

「嗯！那時候媽媽怕我出意外，要我學的。」她簡單解釋，雖然之後能堅持下來有自己的因素。

「天啊！那妳上次拿來公司的餅乾是自己做的？我還以為妳是去學烹飪。」

「烹飪是我的興趣啦。」

楊雅晴有點不好意思。畢竟自己的身高一百七十三公分又有固定在運動，很多人都會有先入為主的想法，把她跟烹飪家政這種事分開。

前輩倒是沒有想這麼多，只是感慨一句，「嘖嘖！誰能跟妳在一起，真的有福氣！」

「沒有這麼厲害啦！」楊雅晴紅了臉，她還沒有喜歡的對象呢！

前輩看著手機上的日期，突然想到什麼，問楊雅晴：「對了，今天就是二十九號，月底了。撐過這次實習，妳想待在公司嗎？」

「呃……」

楊雅晴還在想時，遠處傳來尖叫聲，打斷她的思考。

「啊啊啊啊——！」

一聲女人淒厲的尖叫聲，劃破夜晚街頭的寧靜感。

「前輩！我——」

楊雅晴放下手上的問卷，想上前去看看發生了什麼事情。但是前輩早一步用眼神示意，叫她不要多管閒事！

「可能是家暴……我們最好少管閒事。」

前輩伸手攔著楊雅晴，對她搖頭。

年輕人就是衝動，腦子一熱就想跑過去，誰知道前面發生了什麼事啊。萬一公司追究，她們就麻煩了。

楊雅晴卻不認同，她好歹是有練武的人，多少可以幫點忙吧！

不過楊雅晴還沒過去，對方卻先跑過來了。

只見一串辣椒跑了過來——楊雅晴發現是一個戴著紅色帽子，穿著紅色高跟鞋、紅色洋裝的女生驚慌地跑過來，大部分的人都像沒看到似的，避開那名女性的求救。

「先生，救救我！」

她哀求著過往的行人，但其他人都冷漠地專注在自己的事上。

直到那個女人走到楊雅晴面前，「小姐，求妳救救我！」

楊雅晴上前扶住那名女性，從她身後看到追趕她的人。

那是一個很有殺氣的人，但是在八月的大熱天，那個人居然可以穿著長靴、全身黑衣。

楊雅晴打量了一下那個人，發現是個女生，她有一張幾乎是女神等級的瓜子臉，黑色長髮束成馬尾，漂亮的嘴唇抿著，一雙眼睛銳利地盯著穿紅衣的女人。

她的氣勢猖狂，像是動漫裡橫掃千軍的女武神，但她的瞳孔卻很空寂，像是這整個空間裡只有自己跟那名紅衣女。

看到她的頭髮既長又直，楊雅晴偷偷替她取了一個綽號叫黑長直。

黑長直手拿著一把弓，弓身墨黑，射箭時隱隱發出破風聲。

紅衣的女性嬌弱地摔在地上，楚楚可憐地說：「請救救我！那個人要殺我！」

要殺她的，就是那個黑長直嗎？

楊雅晴扶起那名女性，「小姐，妳沒事吧？」

但手伸到一半，卻被一支朝這邊地上射來的箭阻止。還在晃動的箭翎，證明這一箭是真的有殺傷力！

「別過去！」黑長直毫不猶豫地架起弓箭。

那是非常古老的弓箭，除了通體是黑色的之外，沒有絲毫現代的痕跡，沒有準星、沒有安定桿，只是將箭頭架在弓身。

黑長直拉弦，幾乎要將弦拉圓，隨時準備射向楊雅晴，情況看起來非常危險。

尤其是銳利的箭頭指著自己時，楊雅晴知道眼前的人不只是持弓的瘋子，更是一個殺手——她要殺了這個穿著紅色洋裝的女人。

「呃！黑長直小姐……有話好好說！」楊雅試圖要化解衝突。

「我說，別碰那個女人！」

黑長直放弦，射出一箭，讓原本躲在楊雅晴背後的女人縮起肩膀，更緊張地躲到楊雅晴的身後。

「小姐！妳這樣非常危險！」

楊雅晴大聲警告，但黑長直冷笑上前，「愚蠢，只願意相信自己眼前的事。」

「妳是在說我笨？」楊雅晴聽到，更是唱反調地擋在女人前面。

「對！沒錯！」

說完，黑長直將手上的弓箭當成長槍，刺到楊雅晴面前。

楊雅晴抬手擋掉，她想移動卻感覺女人抓緊著自己，導致她無法動彈。

楊雅晴艱澀地說：「穿洋裝的小姐，我知道妳很緊張、想抓東西，但妳這樣只會害我們兩個都被這個人收拾掉的！」

楊雅晴感覺到後背抓著自己的手越抓越緊，甚至有尖銳物體刺進自己後背的感覺，「咦咦！那個，妳刺到我的背了！」

「是嗎？抱歉。」穿著洋裝的女人嘴上道歉，手卻越抓越緊。

「唔！好痛！」

楊雅晴叫了起來。她明顯感覺到女人的指甲刺進了自己的皮膚，而且隨之而來的是股寒意，讓她後背的肌肉僵硬起來。

那名女人卻緊貼著她的耳朵說：「我覺得妳應該聽她的，小妹妹。」

她的手直接刺入楊雅晴的後背，如果有人在她們背後，就會看到那名女性的手霧化，進入楊雅晴的體內。

楊雅晴控制不住地發冷、顫抖著，極力轉頭，想看清那名女性，「妳到底是誰？」

她想到黑長直說她愚蠢，難道這個女人才是壞人？

但楊雅晴肌肉僵硬到沒辦法轉身，最後因為失去重心，倒在地上。

黑長直撲了過來，將楊雅晴拉向自己，避免她摔到地上。

而楊雅晴感覺黑暗罩住了她，彷彿被人強迫進入昏迷的狀態。最後映入她眼簾的是一個名牌，上面寫著「地府犯罪調查中心搜查官，林羽田」。

那是……什麼單位？

等她再清醒，那個黑長直已經坐在沙發上，看著她的問卷了。

「醒了？」黑長直一邊翻看問卷一邊問。

「我在哪裡？」楊雅晴困惑地問。

她扶著額頭，感覺頭還是很暈，

「派出所，拘留室。」黑長直蓋上問卷，露出一個笑容，「恭喜妳，第一次到警局喝茶的成就達成！」

「什麼？派出所？警察局嗎？」

楊雅晴問，但眼前的黑長直沒有任何回應。

頭真的好痛，可是背上被那個女人刺過的地方卻暖暖的，像正在熱敷一樣。

「妳想聽好消息還是壞消息？」黑長直看著楊雅晴問。

楊雅晴看了黑長直一會兒，放棄了詢問，配合她的話說：「……好消息？」

「妳的前輩知道妳沒事就放心了。」

「……」

聽起來是好事，楊雅晴放心了。

她看到一旁有兩杯茶，一杯放在黑長直面前，一杯放在自己面前，她拿起自己前面的那杯茶喝了一口。

黑長直繼續說：「喔對！她說妳辭職了，所以懿榮公司不用替妳的行為負責。」

「噗！」楊雅晴噴茶了，「什麼！」

她又嗆咳起來，這個人說話怎麼這麼跳躍，這麼重要的事情不會先說嗎！

「那妳要聽壞消息嗎？」黑長直看著楊雅晴問。

「咳咳……啊？」楊雅晴已經不指望黑長直會說出什麼好話了。

「妳上新聞了。」黑長直說完打開手機，找出今天的晚間新聞，遞到楊雅晴面前，「妳的實習資格被取消了，你們學校有打來關心。還有，新聞上說是盛師大學的實習學生因為問卷無人填寫，心生不滿，於是在中正路上抓狂，在路上表演武術，疑似心理壓力過大……」

「什麼？」楊雅晴尖叫！

「妳看！」黑長直感到有趣地彎起嘴角，指著手機裡的畫面。

楊雅晴一把搶過手機，盯著上面的影片。

新聞台主播的聲音聽起來相當激動。選舉剛過，之前的遊行讓觀眾聽膩了，加上先前在路上發生的隨機殺人事件，楊雅晴的事已經上了社會版頭條。

『現在記者來到中正路！可以看到這裡人來人往，也有許多做問卷的人，可是因為之前路上發生過隨機殺人事件，導致幾乎沒有路人願意停下來做問卷，或許這就是懿榮公司的市調人員心理壓力過大的原因。接下來請看我們採訪到的影像！』

接下來的畫面裡，楊雅晴先是大喊，然後像在阻擋什麼，一個人對打起來，再然後她就昏倒了，前輩則抱著問卷，驚恐地看著她。

然後她突然又爬起來，凶性大發地攻擊空氣……

看完整段影片，楊雅晴覺得自己就像神經病。她把手機還給黑長直，發現對方正饒有興趣地看著自己。

如果不是此時此刻，她會很開心有個美女這樣緊盯著自己，但現在她只想把自己關在房間，再也不想見人！

「為什麼我會這樣？」楊雅晴問。

她覺得這件事有些奇怪的地方，而且那個黑長直明顯知道自己發生了什麼事！

「醫學上的角度是，妳是因為壓力過大得了間歇性癲癇，還有癔症，不過……」黑長直看著楊雅晴，「妳可能不信，其實妳只是被厲鬼附身了！」

「啊？」楊雅晴看著她。

「妳沒有懷疑過嗎？又不是表演、Cosplayer，為什麼會有人穿著紅衣、紅裙、紅鞋、紅髮，連指甲、口紅、美瞳都是紅色的走在街上？」

「我以為這是她個人的興趣！」

「妳的價值觀也太世界大同了吧？總之，妳清醒後就可以離開了！」

「咦！那我的實習怎麼辦？」楊雅晴問。

「我哪知道！妳的人生，總要自己負責吧。」黑長直看著她微笑。

看到這麼美麗的人對自己笑，楊雅晴心裡跳了一下，沒攔住黑長直。

看著黑長直離去的背影，楊雅晴有種似曾相識的感覺，似乎在她認識的人中，也有一個跟黑長直很像的人。她們的身影重疊，她卻想不起那個人叫什麼。

我曾經看過她？

楊雅晴預測黑長直在走到門口後會停頓一下，想回頭，但又往前走。

像是知道楊雅晴的想法，黑長直走到門口時頓了一下，但她沒有回頭，直接往前走。

楊雅晴想上前問清楚她到底是誰。

這時，有個三十多歲、妝容精緻的女人走進來，與黑長直錯身而過。兩人眼神交流了一下，黑長直就點頭走出去，讓那個女人進來。

楊雅晴看著她的打扮，幹練精明的氣質，穿著合身的套裝，帶著一點侵略的氣息，像是某企業王國的女王。

現在，女王看著自己微笑地自我介紹：「妳好！我叫特林沙。」

她走上前看著楊雅晴說：「我有個提議，楊雅晴小姐，這或許能解決妳實習的問題。」

※

來往的中央廣場上，楊雅晴站在人群中懷疑自我。

「都是為了該死的實習！」

楊雅晴穿著套裝，白襯衫配西裝褲，在氣溫三十五度的中央廣場看著清涼的噴泉，非常想把自己泡進去。

她回想起當初特林沙跟她談實習的過程。

「我有個提議，楊雅晴小姐，這或許能解決妳實習的問題。」特林沙說。

「什麼？」楊雅晴戒備地看著她。

「這是我的名片，我們是私人企業。」她遞上名片。

楊雅晴接過來一看——是那個奇怪的機構！

『地府犯罪調查中心負責人，特林沙』。

楊雅晴翻到名片的背面，只有一片空白。

「你們的名片……太簡單了吧？這上面沒有電話耶！」她看著名片。

特林沙微笑解釋：「基本上，我們是不需要名片的。」

「所以，妳說的實習是？」楊雅晴內心有種不祥的預感。

「我們很歡迎妳到我們的調查中心實習。」特林沙說。

去這麼奇怪的地方實習，我還有命能畢業嗎？

「可是我的主修是商管。」楊雅晴說。

「那正好，我們調查中心也算是『管理』公司，實習時數是可以調整的。」特林沙笑說。

楊雅晴遲疑了，這聽起來很不錯。既然懿榮公司聲稱她辭職了，恐怕不會承認她的實習，可是暑假的實習攸關到她能否畢業，現在再去找新的工作實習，時間也不太夠，特林沙的提議或許是她最好的選擇。

可是，真的有這麼簡單嗎？

她突然想到，他們老師對實習這件事情很嚴格，公司的工作內容如果跟主修不同，那就不算實習，可是特林沙說，他們的工作也是管理……

這時，一個員警跟特林沙打招呼：「特林沙小姐，沒想到可以在這邊看到妳！」

楊雅晴注意到，這個員警一開口，整個警局的目光似乎都聚集到這邊來。

「阿田！沒想到才幾年，你已經升到局長了！」特林沙微笑地回應。

阿田，本名黃政田的男人挺了挺胸，員警制服上的三顆黃色星星非常顯眼，似乎很榮幸地說：

「是啊！這次是什麼案件？怎麼會勞動您親自過來？」

楊雅晴站在旁邊打量那個阿田，她突然想到，之前在綜藝節目才介紹過，三顆星星的職等似乎是……警察局長……

特林沙居然認識警察局長！

楊雅晴看向特林沙，這個人跟她的地府犯罪調查中心是什麼地方？

「沒什麼，我家雅晴被監視器拍到了，但只是誤會，對嗎？」特林沙對楊雅晴使眼色。

「誤會？那就算了。」阿田點點頭，對一旁的警員說：「先銷案，這是特林沙小姐的人，不需要做紀錄。」

看到警員銷了案，他對特林沙笑：「您今天怎麼有空過來？」

「沒什麼，只是剛好遇到雅晴想來我們調查中心實習，但有點不放心。」特林沙說。

阿田轉頭看著楊雅晴，「小女孩，妳放心，我拿整個警局跟妳保證，特林沙沒問題的！」

特林沙微笑著，隨手從口袋拿出一個鑰匙圈，「阿田，這是上次的回禮。」

只是一個普通的鑰匙圈，警察局長卻像如獲至寶一樣，又交待了幾句才跟特林沙道別。

送走了警察局長，特林沙轉過頭看楊雅晴，「怎麼樣？妳願意來實習嗎？」

「…………」

楊雅晴思考了一下。

「對了，其實剛剛那件事我沒解釋清楚，不然就先別銷案吧？」特林沙「自言自語」道。

「我去！我去實習！拜託不要留我案底！」楊雅晴緊張地說。

最後，特林沙給了她一個地址，楊雅晴還是決定去實習了。雖然看似被威脅，但其實特林沙有跟她說，不管她要不要實習都會替她銷案。

楊雅晴還是很感激特林沙的協助，更何況連警察局長都掛保證了，應該沒問題吧！

楊雅晴如此心想，但其實還是沒有什麼把握。

「妳好。」

一個少女突然出現在楊雅晴的前面，將她從回憶拉出來。

「啊！妳是？」

楊雅晴打量著眼前的少女，她從哪邊冒出來的？

少女有著金色頭髮、藍眼睛，只有一百五十公分左右的嬌小身高，年齡大概在十三歲左右。她手上拿著最新的平板電腦，穿著有兔耳的連帽外套跟短袖衣服，是個非常可愛的外國女孩。

但她卻說著一口標準的國語。

「我叫愛妮莎，BOSS的姪女——特林沙就是BOSS。」她說，眼睛卻完全盯在平板上。

「走吧，我帶妳進公司。」

她自顧自地轉身，走進某棟大樓的一樓，楊雅晴只好跟著她，來到一棟常見的複合式大樓。這種大樓的特色，就是五十幾樓裡有十幾個企業。

兩人右轉走進電梯，楊雅晴習慣性地站在電梯門邊的按鈕旁，問愛妮莎：「要去幾樓？」

「zero。」愛妮莎很酷地說。

哪來的零樓？

楊雅晴有點不高興。這該不會是特林沙派來整她的人吧？

「看清楚。」

愛妮莎伸手，在電梯上按了幾下，然後沒有地下室樓層選項的電梯居然往下降了。

楊雅晴已經放棄追究「正常」了。

電梯來到地下後打開門，眼前是一個開放式裝潢的辦公室，玻璃門口寫著「地府犯罪調查中心」。

這是什麼地方？楊雅晴打量著整個空間，非常明亮乾淨，但是她們在地下四樓。

像是知道楊雅晴的疑惑般，愛妮莎解釋：「我們就是一個外包單位。」

「外包？」楊雅晴問。

「對，處理那些『他們』做不來的瑣事。」愛妮莎一邊說，手指飛快地在平板打字。

如果楊雅晴沒看錯，她輸入的速度大概是一般人的兩倍以上！

「他們是指誰？」楊雅晴問。

「就是國內所謂『地獄』的管理單位。」愛妮莎認真回應。

「啊？」

楊雅晴有些不敢置信，她到底聽到了什麼？

愛妮莎看著楊雅晴問：「在國內，有百分之八十的青少年會跟著家人拜拜，那妳應該知道地獄吧？」

地獄？真的有地獄嗎？

楊雅晴思考著，發現愛妮莎還在等她的回答，她連忙說：「是沒錯，但是拜拜……」佛教、道教等也會啊。

愛妮莎繼續解釋：「在聖經裡，惡魂歸地獄、善魂歸天堂，在你們這邊好像是罪魂歸地府、善魂投胎。」

「對……但是……」真的有地獄嗎？楊雅晴想。

「那就對啦，妳應該知道地獄、冥府、閻羅王吧？」

「是……」沒錯，但這不是宗教的故事嗎？怎麼可能是真的？

「所以我們就是閻羅大人親自委派的外包單位……」愛妮莎笑道。

楊雅晴看著愛妮莎的背影，不知道該說什麼。

原本她以為特林沙提供的實習，不過是比較複雜而已。

——但是，我錯了！這哪是什麼可愛的外國孩子，根本就是電波系少女吧？還是哪個精神病院漏掉的病人？

楊雅晴曾聽過相關案例，真的有精神病患跑出來過，說不定眼前這個就是！

「嗯……妹妹！」楊雅晴打住愛妮莎的話，用關愛的眼神看著她，「妳告訴姊姊，妳是不是該吃藥了？」

「我沒有生病！」愛妮莎生氣地說完後，又無奈地說：「算了，一般人也不能瞭解。我先帶妳認識環境，等BOSS回來再解釋。」

楊雅晴跟著愛妮莎看整個環境，撇除她說的內容，單看整個調查中心的環境都是走極簡乾淨的風格。長方形的空間被切成兩個長條，最靠近門口的是會客室跟茶水間，然後是走廊跟幾個房間，用玻璃隔開，所以還是可以看到裡面的人在做什麼，直到最尾端是BOSS的辦公室。

「這邊是廁所，然後這裡是休息室。」愛妮莎指著每個房間上面的牌子，分別是林羽田、愛妮莎、Pink，還有一個空白的牌子。

「BOSS跟小田出差了，下午才會進公司。」

愛妮莎一邊說一邊從包包拿出餅乾來吃。

這是另一個讓楊雅晴覺得可怕的地方。

從她走進調查中心後，隨處都有垃圾桶，但是裡面滿滿的餅乾包裝都跟愛妮莎吃的一樣。

這女孩在兩人相處的十幾分鐘內，至少吃了十幾條巧克力餅乾，這爆食的屬性沒問題嗎？

「呃……妳是不是餓了？」楊雅晴試探性地問。

「不會啊。」愛妮莎一邊說一邊吃掉最後一口巧克力，看到楊雅晴的視線停在自己手上的巧克力上，她笑著說：「這只是嘴饞。」

嘴饞？妳的肚子還好嗎？那些食物都吃到哪裡了？N度空間嗎？

楊雅晴越想頭越昏，所以決定不管這個超現實的問題，改問另一個比較實際的。

「妳怎麼知道BOSS不在？」

「有訊息啊！啊，對，我教妳這個。」

她拿走楊雅晴的手機，直接輸入訊息。

愛妮莎解釋：「以後電子產品類的都是由我負責，然後Pink負責衣服類，女巫……就是多恩，她負責檢驗，小田負責調查。」

「小田？」楊雅晴問：「就是黑長直……林羽田？」

她身上的名牌好像印著這個名字，但自己為什麼會有股熟悉感？

愛妮莎點頭，「對啊！」

「說到這個，為什麼那個監視影片上只有我，沒看到小田？連那個紅衣女都不見了！」

楊雅晴回想起之前看到的監視器畫面，裡面只有自己一個在張牙舞爪。

「那很正常啊！女鬼是靈界的，影片中看不到很正常，而小田有隱蔽符，當然也看不到。」

愛妮莎一邊回應，手指一邊飛快地在楊雅晴的手機上按著。

這時，楊雅晴瞪著在愛妮莎手上的手機。

「呃！妳怎麼進去的，明明有通訊鎖！」

「手機是人類的貼身監視器啊，然後妳說螢幕鎖？那不是滑好玩的？」她把手機拿到旁邊的電燈下一照，黑色的螢幕上出現手指印，「這麼簡單的圖案，我怎麼可能看不出來。」

「呃……」

楊雅晴看著愛妮莎。等等，智慧型手機為什麼會出現DOS指令模式？

「妳是駭客？」楊雅晴指著她。

「可能吧，BOSS說我不可以承認。」愛妮莎輸入完，將手機還給楊雅晴。

好吧，總算有點小女孩的天真了，又或者該說是天兵。

「妳很謹慎，把網路關掉了，但我建議妳幫手機掃毒。」愛妮莎說。

她走到自己的辦公室打開門，裡面充滿了儀器，光是螢幕就有四個，還有各種叫不出名字的儀器、線路板、電線。

「這是我的位置，然後這間……是妳的。」

她指著另一個空白門牌的房間，也同樣用玻璃隔開。

楊雅晴看過去，是同樣的空間，就是一桌一椅，非常簡單。

愛妮莎指向另一間，「這是 Pink 的位置。」

楊雅晴順著愛妮莎指的地方看過去，光是門口就滿是粉紅色的手工藝品，門上還有個相框，裡面的彪形大漢大概是那個人的丈夫吧。

旁邊還有一個乾淨到幾乎像沒人的位置，只有幾個簡單的文具跟資料，愛妮莎說：「這是小田的位置，她討厭別人動她的東西。」

接著楊雅晴看著自己的位置，就是一套空桌椅，上面有薄薄的灰塵，看起來像有一段時間沒人在了。

「那我的工作內容是？」楊雅晴問。

「喔，很簡單，就是整理我們的報告，我們寫出報告，妳整理建檔。」

聽起來是很簡單的文書處理，但是這樣的話，就不用特地找人負責了吧？

「反正其他人不在，妳就先整理我的吧！」

她從桌子底下拿出一個紙箱，砰地一聲放到桌上。

楊雅晴打量了一下，發現分量不少，然後她看到愛妮莎打開紙蓋，拿出一份又一份用巧克力及甜點包裝紙隔開的文件，最後，其實整個紙箱只有四分之一是紙，其他都是甜食。

「這是之前的小咩整理的，後來她轉到特偵組，就沒人整理了。」愛妮莎語帶可惜地說。

楊雅晴接過來打開，其中一份的標題是「中部集體自殺調查」，填寫人：愛妮莎。

嗯，是驚悚了一點，但應該還好吧，楊雅晴想。她打開卷宗快速翻過，然後闔上。

整個過程不到二十秒，不是她會速讀，而是……

除了最後面解決與否的欄目上寫著「已解決」，其他部分完全看不懂發生了什麼事。楊雅晴快速翻完每一頁，發現每格標題都是中文楷體，但內容都是機械語言跟奇怪的插圖，而且那堆插圖紅紅黑黑的，讓她完全不想知道是什麼。

「抱歉，我想我或許不適合在這邊實習。」

楊雅晴轉身想走，卻發現自己的手臂被愛妮莎抱住。

愛妮莎可憐兮兮地看著她，「小晴！我可以叫妳小晴吧！求求妳！我們真的很需要妳！」

「不！我完全看不懂妳在寫什麼！」楊雅晴提起包包就想跑！

她想起這棟建築還有個奇怪的名字，這是什麼地方？根本就是不應該存在的現實！

楊雅晴現在只想離開，但是愛妮莎死死抱住她，讓她根本就沒辦法走動。

這時大門打開了，是特林沙和林羽田。

「楊雅晴。」特林沙叫住她。

「抱歉，特林沙小姐，我恐怕沒辦法在這邊實習。」楊雅晴開口。

「哦？到我的辦公室說吧。」特林沙說。

楊雅晴很疑惑，然而無關於她的意願，她幾乎是下意識跟著特林沙走向辦公室的。
她打量著特林沙。眼前的人今天穿著名牌的套裝，有外國人高挑的身形，眼神充滿知性跟智慧，女王的氣質讓人敬畏，卻沒有太大的壓力。
楊雅晴還在思考時，林羽田擋住她的視線，她這才回神，走進辦公室。
她能感覺到林羽田的視線定在自己身上。
楊雅晴跟特林沙進了辦公室，林羽田卻沒有進去，只是站在門口，像是沉默的保鑣。
門剛關上，楊雅晴就開口：「特林沙小姐，我沒辦法在這邊工作。」
「為什麼？是工作內容太難嗎？那我可以安排妳跟小田一起，那是耗費體力的任務，應該不會太難。」特林沙微笑說。
楊雅晴沉默一會兒，鼓起勇氣問：「特林沙小姐，為什麼妳好像很希望我留下來？」
「因為有陰陽眼的人很罕見，而且妳看得無比清晰。」特林沙說。
「陰陽眼？我沒有吧！」
楊雅晴想，我從來沒有看過什麼吧？
特林沙微笑，「雅晴，妳回想一下，妳昨天看到了什麼？」
「就是一個紅色衣服的女人啊！」楊雅晴理所當然地回答。
聽到她的回答，特林沙微微一笑，低緩地說：「在普通人的眼裡，妳是在保護一團空氣。」
她調出一個影片，播放林羽田給楊雅晴看過的新聞影片。
「然後，這是妳的眼裡看到的。」

特林沙又打開另一個影片，裡面是黑白的影像，但那個紅衣的女人更加鮮紅。

楊雅晴突然反應過來，剛才愛妮莎也說過那個女人是靈界的，在影片中看不到很正常……

「所以這是……」楊雅晴指著影片問特林沙：「那為什麼現在我可以看到那個……那……個女人……」

這時她才有點害怕，自己居然在保護一個鬼？

「這是愛妮莎處理過的影片。」特林沙解釋。

「她不是駭客嗎？」

特林沙困擾地扶額看她，「事實上，愛妮莎雖然精通各種電子設備，但她最主要的工作是加工影片，讓人可以看到陰陽兩界的影像。」

楊雅晴點頭，繼續將影片看完。

眼前的影片中，經過愛妮莎的加工後，女人的樣貌變得清晰起來。

在這之中，楊雅晴也看到了林羽田，在那個女人伸手刺入自己的背後後，她跟林羽田打了起來，最後林羽田不知道用了什麼身法，讓那個女人飛出自己的身體，而她就此暈倒，被林羽田抱住。

林羽田似乎看了她一下，才拿出手機報警。

「所以我看到的是……」楊雅晴問。

「是逃跑的鬼魂，妳被鬼氣傷到身體了。」特林沙說。

「為什麼……會發生這些？」

楊雅晴指的是影片裡的女性，而且林羽田似乎使用某種方式，將那女人收進了某種容器中。

「因為人口爆炸，靈魂的數量暴增，我們的工作是追回地府來不及追回的惡魂、流傳的惡咒還有其他雜事。我們就是地府的外包，做的是黑白無常的工作。」

「……」

特林沙繼續說：「我真的很希望妳留下來，因為小田很討厭跟人接觸，不過妳卻是例外。」

看到楊雅晴疑惑的表情，特林沙看向站在門邊的林羽田，「對吧，小田？」

「因為她有陰陽眼。」

林羽田冷漠地解釋自己會對楊雅晴另眼相待的原因。

楊雅晴打量站在門口的林羽田。那把黑弓被她收起來，連帶那股專注熾熱的殺氣也消失了，現在的她只是一個很普通的漂亮女生，雖然帶著一點面無表情的高冷氣質。

「妳拿著的是什麼？」特林沙開口。

林羽田遞上一個資料夾，「剛剛大人又送了資料過來，有人使用了惡咒。」

「惡咒？」特林沙驚訝地看著房內的兩人，有些擔心地說：「看來我們沒有時間了。雅晴，妳要跟我們一起來嗎？」

「她不用。」林羽田搶先道。

但楊雅晴開口：「我想去！」

面對特林沙跟林羽田打量她的視線，楊雅晴鼓起勇氣：「我要知道妳們說的是真的還是假的。」

她們坐上了一輛小巴，由林羽田開車到達目的地之後，特林沙先下車。楊雅晴不太熟悉車門鎖，林羽田走過來幫她開門，但當她要下車時又被擋住。

「待在車上，別礙事。」林羽田說完，拍了拍楊雅晴的肩。

「林羽田！」楊雅晴大喊，想跟著林羽田下車，卻發現自己動不了。

砰！

車門關上的聲音響起時，楊雅晴只能眼睜睜地看著她們離去。

林羽田跟上特林沙，兩人一起看著眼前有著黑氣的建築。那是一個類似廣場的地方，許多象徵鬼氣的黑氣冒出來，代表周圍有許多惡鬼環伺。

「剛才的是定身符吧？」特林沙淡淡地說完，又問：「小田，妳在保護雅晴，為什麼？」

特林沙雖然先走了，但剛才還是有看到林羽田拍在楊雅晴肩上的那張定身符。

林羽田冷淡地給出解釋：「有陰陽眼的人很多，不一定要她。」

「有淨眼且八字合適、心地善良的女性真的非常稀少。」特林沙刻意提醒。

「但也不是沒有。」

特林沙勸道：「羽田，妳不是她，甚至不是她的親屬，為什麼要如此保護她？妳要給我一個理由。」

林羽田突然沉默，這反而引起特林沙的好奇。林羽田是她刻意招攬的，因為她的能力非常優秀，如果不是某些族群的習俗，林羽田並不會變成她的下屬。

總是冷漠待人的林羽田，對楊雅晴卻那麼維護。她能看出她們兩人有著命運的連結，卻看不出是什麼樣的連結，而楊雅晴也不認識林羽田的樣子。

可惜林羽田的個性有點悶，什麼事情都放在心裡，特林沙看著她心想，能讓她如此保護楊雅晴的理由會是什麼？

「……我無話可說。」林羽田並不想解釋，她覺得有些事情不該被提起。

兩個女人的對話冷靜，但她們此刻正站在一群惡鬼中間，撲過來的餓鬼不是消失，就是傷及靈魂。

只有最狂躁的暴力可以製造出最大的冷靜效果。惡鬼們虎視眈眈，渴求著新鮮的血肉，但是兩人強大的殺傷力讓祂們止步。餓是餓了，但是撲過去就是死路一條，誰敢上前？

雙方都陷入了僵局。林羽田跟特林沙雖然力量夠強，卻找不到惡鬼們出現的源頭；惡鬼們想上前，卻不敢。

此時，車子裡的楊雅晴只能眼睜睜地看著那些狀似人形的詭異東西圍著林羽田跟特林沙，旁邊還有奇怪的男人站在那裡，讓她很不安。但是，她的身體無法動彈，只能焦急地看著。

就在車內一片安靜時，楊雅晴突然聽到背後傳來「呼啊～」的哈欠聲。

慵懶的哈欠聲在後座響起，楊雅晴被嚇了一跳。這台車是八人的小巴，但後面有做出隔間，因此只有六個座位，而哈欠聲就是從隔間後面傳來的。

「特林沙說的新人就是妳嗎？」

接著，一隻漂亮的手伸過來拍了拍她的肩膀。

楊雅晴無法動作，只能嘆息。

「不講話？」她的聲音又近了一些，似乎能看到楊雅晴的背，「不能講話，背上還貼著小田的符呢！看來她不希望妳亂跑。」

楊雅晴感覺到那個女生用指甲刮了刮她的肩膀。

幾秒後，楊雅晴發現自己可以轉頭跟講話了，便轉過頭，想看看那個人是誰。

當她看到對方卻嚇了一跳——她以為自己跟貞子對上了眼！

眼前的人有一頭黑色微捲的頭髮、化著濃妝、穿著的漂亮衣服上滿是寶石，外面卻披著醫生的白袍，而且臉色慘白到讓人害怕。

人類會將恐懼寫在基因裡，看到眼神凶猛的黑道都會下意識避讓，那是一種出生時就有的感覺。所有生物都依靠著這種感覺生存，害怕體型比自己巨大的動物，因為有發生暴力的危險。但長大後又多了一個判斷的方式，那就是氣質。就像經常看書的人，身上會有一種安靜的氣質。

眼前的人穿著很普通的衣著，但是她有黑色的氣質，友好的態度下藏著帶有趣味的探究。

「嗨！我叫多恩，工作是驗屍，興趣是驗屍。」

她牽起楊雅晴的手，友善地握了握。

多恩靠近時，楊雅晴聞到了輕微的酒氣，還有酒精跟清潔用品的味道。

結合她的說詞跟味道來推論，那麼……眼前的女生摸過屍體嗎？

楊雅晴一想到這裡，雞皮疙瘩都起來了！

「嘖嘖！妳的手不錯呢。」多恩笑道，她看看周圍，發現其他人不在，「小田呢？」

「在外面。」

楊雅晴看向窗外，林羽田跟特林沙正在跟那些奇怪的東西打架。

「妳能幫我撕掉貼在我身上的東西嗎？」

楊雅晴有些緊張，特林沙跟林羽田雖然沒有很慘，但是她們似乎還在找什麼東西，她想要過去幫忙。

多恩卻搖頭拒絕她的請求，「不行！我不知道妳是誰，小田會這樣安排一定有她的理由，而且她討厭我們碰她的東西。」

多恩的意思是，她——楊雅晴是林羽田的東西。

這是第二次聽到林羽田討厭別人碰她的東西，楊雅晴忍不住心想，她到底有拒人於外啊？

然後多恩看向窗外，「啊！難怪車停了。惡鬼作祟，她們下去處理了，不過我們很安全，因為這台車就是結界，外面的人看不到我們。」多恩拿起手機瀏覽訊息，「有人使用咒殺？嗯……那可能要一會兒，我去準備雙氧水。」

「雙氧水？」

「數量很多，而且他們找不到施咒的人，這會是一場苦戰。」

「施咒的人？是那個男人嗎？」楊雅晴問。

多恩愣住，之後收起那種慵懶的模樣，看著楊雅晴急問：「妳看到什麼？敘述給我聽！」

「黑……呃，是林羽田！她跟特林沙被什麼東西圍著，有個男人一直在旁邊看啊。」

「是嗎？我看到的是這樣。」

多恩把在窗外拍攝的影片拿給楊雅晴看。

手機清晰地捕捉到林羽田跟特林沙的動作，但那些黑影、男人都沒出現。楊雅晴感到困惑，所以這也是她的陰陽眼發揮了作用嗎？

「那個男人現在在哪裡？」多恩一邊問，一邊撥通林羽田的手機，「喂！」

「在特林沙左邊的那棵樹下。」楊雅晴說。

「特林沙左後方的一棵樹下。」多恩複誦。

林羽田對他們點了點頭，轉身快跑。雖然不知道那邊會有什麼，但她還是憑直覺跳起，抬腳直踹向特林沙的左後方。

砰！

林羽田感覺到腳碰到了什麼，藉由她身體的衝撞力，硬是從沒有人的空間踹出一個男人！

男人被踹出來後，緊張得手腳併用，想要逃跑。

林羽田直接從他的背後狠推一把，讓男人跌倒，然後將他壓制在地上！

「嘖嘖！小田的腿還是這麼有力，好想解剖她啊！」

多恩讚嘆地說著，楊雅晴卻抖了抖，這個女人的興趣也太奇怪了。

同時，特林沙掏出一副手銬將那個男人銬住。

「妳們到底是做什麼的？」楊雅晴問。

「前ＦＢＩ、道家高手、前驗屍官……很多，從警方、軍方、民間來的都有。我們是私營企業，大家都有自己的專長，由特林沙分配工作，而我們就做自己最擅長的事。」

多恩一邊說一邊點菸，只是她的香菸好像不是市面上買的，點燃後有種奇特的香味。

這時，那兩個人壓著一個男人上車。

回程換成特林沙開車，林羽田只好跟楊雅晴坐在一起，對面是那個被綁的男人。

林羽田也終於撕掉那張定身符。

「……不可能！妳們不可能看得見我！」

男人喃喃自語，渾身上下都是黑色的氣體，因此楊雅晴不安地往林羽田身邊靠。

「怎麼了？」林羽田轉過來看著她。

被這銳利的眼神看著，讓人難以招架。

過了一下，發現林羽田還在等她的回答，楊雅晴才不安地說：「沒事，可能冷氣太強了。」

林羽田點頭，繼續壓住那名男子，車子由特林沙駛往調查中心。

楊雅晴看著車窗外的景色，突然肩上一暖，原來是林羽田把外套丟給了她。

「穿著，然後告訴我這個男人在妳眼裡的樣子。」林羽田說。

楊雅晴穿好外套，看著那個男人，「他周圍有黑色的氣體。」

「那是修練過後的鬼氣。」林羽田解釋。

多恩看了看楊雅晴跟林羽田，沒有說話卻也注意著楊雅晴。

車子一路開進大樓的地下室，特林沙似乎有什麼權限，直接將車開進一個空間。

林羽田押著那個男人下車之後，特林沙、多恩及楊雅晴也一起下車。

趁林羽田走在前頭，多恩看著楊雅晴，「妳很特別，對小田而言。」

「女巫，別亂預言！」特林沙說。

「好的，BOSS。」多恩微笑地說。

她自在地走到另一邊的房間，那是她專屬的工作室。

楊雅晴只覺得莫名其妙。一下子說她是林羽田的，一下子說她很特別，這些人都好奇怪，但是她以後似乎就要跟這些人共事了。

第二章 中心

楊雅晴看到來迎接他們的是愛妮莎，多恩則走向另一個方向，鑽進一個房間裡。原來除了她看到的辦公空間，還有額外的地方。

看到楊雅晴在看多恩，愛妮莎解釋：「那裡是多恩的研究室喔！」

愛妮莎判斷，既然楊雅晴跟著BOSS回來了，就表示她要留下來，因此對楊雅晴笑說：

「小晴，妳最好記得那邊千萬別進去，除非妳喜歡恐怖的感覺。」

她們從另一邊走進去，同樣是L形的構造，從門口進去後，看到那個男人被押進一間房間。

而那個有粉色手工藝品的房門開著，裡面有個粉色的麗人，看到他們打了聲招呼：「嗨！」

「Pink，你回來了！」

愛妮莎的呼喊聲吸引了楊雅晴。

楊雅晴發現那是一個美到讓人屏息的人，他美豔的眼睛看過來時，所有人的眼神都會為他停留而且屏息。那門上的照片，果然是他的老公或男友吧？

「我是Pink，妳就是新來的那個小晴？」他有趣地看著楊雅晴。

他的聲音很低，不過依舊好聽。楊雅晴剛想開口，就被林羽田擋著。

「收起你的妖氣，狐狸精。」林羽田說。

「嘖嘖，我雖然不是狗，可她身上都是妳的味道喔。」Pink笑道，回到自己的位置上。

「楊……雅晴，妳跟我去看一下。」林羽田說。

楊雅晴點頭，兩人走到一個房間裡，居然是跟電影一樣的鏡子房間，透過鏡子，她們可以看到那個男人。

特林沙坐在裡面，似乎戴著耳麥跟林羽田保持通訊。

「說說看，那個人除了黑氣，還有什麼？」林羽田問。

脫掉外套的她穿著一件寬版T恤，露出來的雙手有肌肉，說明有在鍛練。而她看著玻璃窗，眼神專注，有一副很勻稱的身材，身高一百六十五公分左右，站在穿著高跟鞋的特林沙旁邊，像是無言的保鑣，又像隱藏著什麼。

楊雅晴收回看著林羽田的視線，走到窗前看著那個男人。

楊雅晴在打量那個男人時，林羽田也在觀察她。中短髮、穿著正式服裝跟西裝褲，全身滿滿的菜味，但行動起來很俐落，而且她有一雙很溫柔的眼睛，會讓人想要依靠。

重點是，楊雅晴居然有一百七十三公分！林羽田握緊手，為什麼我的黑大衣穿在她身上這麼帥，可惡！

「他身上的黑氣還在。」楊雅晴道。

「哪邊特別黑？」

「手跟……嘴？」

在她的眼裡，那個男人的嘴唇跟整個下巴就像喝了一堆墨汁。

「嘴？」林羽田想到什麼似的，突然抬頭警告：「舌頭，咒語在他的舌頭上！」

但來不及了，只見那個男人張大嘴，嘴裡爬出一隻形狀詭異的蜥蜴。他虎視眈眈地看著楊雅晴等人的方向，彷彿看得到她們！

「舌頭？Fuck！」

特林沙生氣地拿起槍，靠近那個男人。

蜥蜴敏捷地往門口撲過去，眼看就要鑽出門口。但「砰！」一聲槍響，子彈在蜥蜴的頭上穿出一個孔洞。

那隻蜥蜴落地翻滾了一下，就血肉模糊地死了，並且在燈光下化為肉泥，然後消失。

楊雅晴發現自己居然不驚訝了，不知何時，她已經有點適應了這群怪人。

多恩站在她們背後，一臉有趣地看著房間裡面。

「女巫，這個妳拿去分析一下。愛妮莎，檢查看看他身上還有沒有其它電子設備。羽田跟小晴，妳們到我辦公室一趟。」特林沙一一吩咐工作。

「好的。」

多恩上前拎走那隻蜥蜴，愛妮莎則微笑地走到男人面前，從口袋掏出一根黑色的棍子。

「先生，要麻煩你睡一下喔！」

她按下開關，一陣閃光在男人眼前閃耀。

楊雅晴看著愛妮莎，突然覺得沒必要吐槽什麼了。

林羽田幫愛妮莎把男人搬到她的工作位置，看來這個男人未來會有點陰影。

等一切都安排好，特林沙才走到楊雅晴面前道，「這就是我們的工作，阻止惡咒、惡魂禍亂世間。」

楊雅晴終於懂了，簡單來說，這裡有點像靈異版的犯罪調查中心。

※

辦公室內，林羽田坐在旁邊，楊雅晴跟特林沙面對面。

「雅晴，這一天下來妳都瞭解了，妳願意在這邊實習嗎？」特林沙問。

「我……」

楊雅晴遲疑，她應該在這邊嗎？

「雅晴，妳有很好的天賦，我們需要像妳這樣的人。」特林沙的眼底似乎閃過某種精光。

「BOSS！」

林羽田喊了一聲，但楊雅晴跟特林沙看過來時，卻又低下頭。

「好吧！既然有人有意見，那雅晴妳先回去吧，小田，妳送她回去。」

特林沙見再談下去也不妥，乾脆放人。

兩人就這樣走出辦公室。

「走吧。」林羽田直接轉身往電梯的方向走。

楊雅晴看著她的背影，總感覺林羽田的周身就是有一股孤獨的感覺。

剛走出電梯，林羽田突然問：「妳要換衣服嗎？」

「啊？」楊雅晴愣住，她怎麼知道自己會換衣服？「對，妳怎麼知道？」

「妳帶了袋子，是為了換正式衣服吧？」林羽田說完，指向廁所，讓她去換。

楊雅晴看到自己提著的袋子，看來她又問了句廢話。

她去廁所換好後，楊雅晴把那件大外套還給林羽田。

「不冷了？」林羽田拿著自己的外套問。

「不會了，謝謝。」楊雅晴溫和地笑著。

林羽田看了看她，轉身繼續走，「妳搭幾號車？」

「二四三號，還要大概半小時吧。」

楊雅晴查了一下公車表。

「嗯。」林羽田點頭。

兩人就這樣安靜下來。

楊雅晴端詳著林羽田，覺得她真的很有趣。

因為自己身高比較高，楊雅晴能看到林羽田的手機畫面，她居然在搜尋如何跟朋友聊天，但看起來不像是這樣一回事。

楊雅晴看到林羽田不知道該不該開口的模樣，感覺她有點可愛。

「楊……雅、晴。」林羽田低著頭喊，聲音卻有些緊繃。

「怎麼了嗎？」

楊雅晴看過去，林羽田卻沒有看著她，只是抿了抿唇。

兩個人又這樣安靜下來，過一會兒，公車來了。

兩人一起上車，楊雅晴看到林羽田投了零錢。

「妳送我回家，那妳呢？」楊雅晴問。

「我再自己回去就好。」

楊雅晴還想再說什麼，兩人的手機突然叮咚一聲，林羽田看著自己的手機，皺起眉，把楊雅晴推到一邊，「站好！」

愛妮莎在手機裝了簡易的感應裝置，如果有靈異騷動會簡單提醒。

楊雅晴點頭，但俐落地閃過林羽田要貼到自己身上的定身符，「不要再把我丟在一邊！」

林羽田沒說話，只是看著門口的方向。

「有問題，有東西在接近我們。」林羽田說。

「是什麼？」

楊雅晴並沒有看到任何黑氣或詭異的東西。

林羽田對她道：「看看車上有沒有奇怪的東西。」

「沒有啊！」

楊雅晴左看右看，發現一個老婆婆睡著了，但是她的腿上似乎有什麼！

「她的腿上有什麼？」林羽田問。

「不知道，黑色的。」

楊雅晴搖頭，她不太想過去。

林羽田伸手將她拉過來，把一個東西放在她的手上，是一支圓珠筆。

「拿著，誰傷害妳就弄死她。」

楊雅晴先被林羽田突然的舉動嚇了一跳，然後點頭，握緊手上的筆，「好。」

林羽田慢慢走到那個老婆婆面前。

「林家女，對鏡食，縫衣為誰來？」婆婆喃喃念著。

林羽田看到婆婆這副模樣，反而放下了戒心，皺起眉低聲說：「多恩，不要鬧了。」

老婆婆抬起頭，用翻白的眼睛笑，然後低下頭繼續打呼。

楊雅晴也看到了整個過程，疑惑地看著林羽田。她似乎知道發生了什麼事情？

「沒事，是多恩的預言。」林羽田說。

據說多恩擁有巫師跟報喪女妖的血統，所以調查中心的人都會喊她女巫，她也很喜歡這個稱號。至於她為什麼會到特林沙麾下，這又是另一個故事了。

偶爾多恩遇到新員工，她血脈裡的天性會讓她做出相關的預言，這往往會嚇到新人，但林羽田並不想讓楊雅晴知道這些事情。

畢竟好奇心是危險的開端，她一點都不想讓楊雅晴遇到危險。

果然，之後所有人都安靜下來，公車依然繼續開著，直到兩人要下車。

下車後，楊雅晴發現林羽田也跟著下車，於是問：「羽田，妳要送我到家嗎？」

她這麼貼心嗎？

「我家也在這裡。」

「該不會……是那棟大樓吧？」

林羽田也有些訝異，指著附近的一棟大樓，說出自己的住址：「對阿，我住A棟四之二。」

「我是B棟四之一。」

楊雅晴看著她。

所以她們住在對面！沒想到會這麼湊巧！

A棟有一條通道可以前往B棟，她們一起搭上電梯，走到楊雅晴的租屋處已經七點了。家家戶戶都飄來晚餐香氣，而林羽田沒有打算去外面買的樣子。

楊雅晴主動說：「我請妳吃東西吧！」

她打開家門，走進自己家。

林羽田跟著楊雅晴入門，進入眼簾的是一個溫馨的客房，有一個小小的廚房。裝潢和林羽田家差不多，林羽田很快就找到沙發坐下。

楊雅晴走到廚房，開始煮麵。

大約十五分鐘後，有一麵一湯上桌了。

她把麵端到林羽田面前，偷偷瞄了一眼，發現她明明就餓壞了，看到食物就眼睛一亮卻又硬要掩飾，那樣子很有趣。

兩人安靜地吃完，然後由林羽田洗碗，因為她說既然吃了東西就要幫忙。

原本她還想付錢，但楊雅晴連忙阻止她，讓她幫忙洗碗就好。

「小田，妳能跟我介紹一下其他同事嗎？」楊雅晴撐著流理臺問。

林羽田低頭專注地洗碗，彷彿那是世界上最重要的事情，「不要，妳不該去。」

「為什麼？」楊雅晴問。

她覺得林羽田並不是討厭她，卻一直在阻止自己去調查中心。

「這種工作沒人知道，也不會有人相信妳，就算妳把命賠上了，也沒有人會為妳難過。」林羽田洗好最後一個碗，然後將碗排在水槽旁，看向楊雅晴，「這樣妳還想要在這邊工作嗎？」

楊雅晴思考著她話裡的意思，所以她是指工作很危險嗎？難怪特林沙會開出那麼高的薪水。

「我知道了。」楊雅晴看著林羽田說：「但如果我真的不適合，BOSS也不會邀請我吧？」

林羽田卻沒有回應，只道，「洗好了。」

眼看時間不早了，楊雅晴送林羽田到門口，看著林羽田慎重地說：「我會去實習的。」

林羽田只是垂眸，走向自己家。

楊雅晴看著她關上門，感覺林羽田早就習慣了孤獨，她把門關起來的動作像是一種無言的拒絕，拒絕了任何善意。

※

隔天，楊雅晴打開門就看到林羽田靠在自己的家門旁，「快一點，我等妳。」

楊雅晴拿出一個可微波的餐盒，裡面裝著她剛煎好的蛋餅，「要吃嗎？」

她覺得林羽田真是個嘴硬心軟的人，昨天說不讓她去，今天卻還是在門口等她。

溫熱的雞蛋香飄來，在微涼的早晨充滿了誘惑。

林羽田原本想擺張臭臉嚇跑楊雅晴的，但遇到食物，她馬上倒戈。

「算了，晚一點也沒關係。」

林羽田吃完裡面的蛋餅，深深地感嘆老天爺很過分！

為什麼有這麼好吃的蛋餅！

柔軟的餅皮煎得焦香，還嚐得到雞蛋柔軟的口感，微鹹的醬油膏讓人吃一口就徹底醒了，感覺可以好好面對這一天。

她接過楊雅晴遞來的衛生紙，擦完嘴後說：「謝謝。」

吃飽後，林羽田把東西整理好，兩人才一起去公司。

「哇嗚！」Pink看著她們壞笑：「小倆口一起上班？」

「小心你的尾巴露出來。」林羽田冷冷地說。

Pink則繼續張揚地看著她笑。

「小田、小晴，有妳們的信。」愛妮莎走過來，遞上兩封信。

第三章　偽裝

茶筆咖啡廳，今天被微星高中的高中同學會包下來了。

一群人坐在咖啡廳裡，幾乎維持著高中時期的小團體關係。楊雅晴進去跟其他同學打招呼，因為她之前是風紀股長，班上有很多人跟她有些交情。

她今天穿著簡單的牛仔褲配一件外套，外套裡面是T恤，手機、錢包放在口袋。

楊雅晴走進咖啡廳後打量了一下。每個班上都會有小團體，在眾多小團體中，又會有一群是由耀眼的人組成的，一般來說都是男俊女美，而且一定會占領最中間的位置。

楊雅晴看向那個位置，花枝招展的小冰還有她的男友陳滿華正在大聲說笑，水玉秀跟詹倩雯依然陪在程雨冰旁邊，而張清華跟周一文正拿著手機，似乎在玩什麼手遊。

另外還有一些男生在玩撲克牌，比較安靜的幾個女生則在小聲聊天。

讓她有點意外的是，內向的余曉妍也在。

高中時期的余曉妍，雖然看似是小冰他們那一群的，但其實就是跑腿的。不過她本人沒什麼抗議，小冰對她也沒有言語上的侮辱，所以楊雅晴也沒管她們的閒事。

余曉妍看到楊雅晴在看自己後，對楊雅晴笑了笑，算是打招呼。但兩人沒有交談，之後余曉妍就轉頭回去，望著小冰她們。

班上大部分的人都來了，所有人笑笑鬧鬧地用餐聊天。

楊雅晴想到昨天愛妮莎轉交給她的信封。

因為正好拿到楊雅晴的手機，愛妮莎就順手替她改了收件地址，因此，調查中心才會收到她跟林羽田的同學會邀請。

那時她還有點嚇到，畢竟她真的不記得林羽田，像她這樣的美女，怎麼可能高中時同班她卻沒有注意到？後來是林羽田自己解釋，她剛轉過去兩天又轉走了，而且轉來的那兩天除了教務處，她根本就沒有進班級，難怪她會沒有印象。

楊雅晴拆開信封，裡頭果真有兩份高中同學會的邀請函。才畢業三年，同學之間還有聯絡，班長就藉著調查畢業生流向的名義，舉辦了這次的同學會。

但楊雅晴不知道的是，每封被送來調查中心的信件都會經過嚴密的掃瞄檢查，這兩份邀請函上是因為上頭有法術的痕跡，才被愛妮莎攔了下來。

特林沙看到信後，交代林羽田帶楊雅晴一起去參加。

『既然妳們也是高中同學，那就以同學的身分去參加。這些邀請函上沾到了一些咒的氣息，妳們要負責找出到底是誰在施咒。』特林沙交代任務給她們。

楊雅晴趁著跟所有人打招呼時觀察，每個人都很正常，並沒有散發出她在調查中心看過的黑色鬼氣，也沒有人的表現特別奇怪。

叮鈴！

咖啡廳的門鈴聲響起，門口走進一個害羞的女生問：「請問，微星高中的同學會在哪裡？」

「小姐您好，微星高中嗎?左邊那一區就是了。」侍者微笑地說。

「好的，謝謝！」

女生循著侍者的引導走來。當她經過楊雅晴時，兩人趁著錯身而過交換眼神——剛才進來的就是林羽田。

林羽田走近時，總務兼公關的邵小蘭對她打招呼，「嗨!妳是……?」

她看著林羽田的邀請函，卻想不起她的模樣。但眼前的人明明這麼漂亮，一頭微捲的黑髮綁成優雅的公主頭，姣好的身材穿著套裝，帶著友善笑容的臉上化了淡妝，嚴然就是一位麗人。

「我是轉學生，林羽田。」林羽田微笑地說。

「喔，轉學生啊！」邵小蘭笑了笑，沒什麼關係的人她也懶得招呼，「自己找位置坐吧！」

「好的。」

林羽田客氣地找了一個邊緣的位置坐下。

時間飛快地過去，聚會開始的時間是七點，現在都快十點了。經過兩個小時，有些人已經先走了，剩下的就是畢業後比較有來往的幾位女生正嘰嘰喳喳地聊天。

楊雅晴看著周圍，完全沒感覺到任何不對勁。她也觀察著林羽田，見到她只是在跟人聊天，這樣能找到什麼咒術的線索嗎?

這時，不遠處的座位傳來吵架聲，幾個男生互相怒瞪，其中陳滿華大聲地怒罵：「陳子泉，你靠我女朋友這麼近幹嘛！」

幾個好友把陳滿華拉出去，另外幾個人的目光都看向另一邊。陳子泉還是維持以前斯文的模樣，只見他推推眼鏡，好脾氣地沒有回嘴。

楊雅晴皺眉看向他們那邊。陳滿華被其他人拉出去後，暫時平息了這場紛爭。

看到沒事，楊雅晴剛舒了一口氣，手機就傳出訊息提示音。

『**有找到嗎？**』訊息來自愛妮莎。

『**沒……所有人看起來都很正常。**』楊雅晴回覆。

『**羽田呢？**』愛妮莎過了一會兒又傳，『**注意她。**』

楊雅晴抬頭尋找林羽田的身影，卻看到她被一個男生逼到角落，看樣子是被勸酒了。

楊雅晴不高興地走過去，「羽田，剛剛外面有人找妳。」

勸酒的是富家子弟的張清華，也是陳滿華的好朋友。他正滔滔不絕地講著自己的家世卻被楊雅晴打斷，有些不滿地看著楊雅晴，口氣不好地說：「沒看到我正在跟羽田聊天嗎？」

不知道為什麼，看到林羽田被張清華纏上，楊雅晴內心就有些不快，但她還沒開口，林羽田就先說話了。

「那我先出去一下。」林羽田優雅地微笑。

這一笑就把張清華的火氣笑沒了，他讓開說：「沒關係，我等妳。」

林羽田剛離開座位，楊雅晴伸手就將她拉了過來。林羽田並沒有掙脫，反而靠她更近一些，兩人結伴走了出去。

幾乎是一出去，楊雅晴就後悔了。

她怎麼就這樣莽撞地把林羽田拉出來了？而且林羽田都沒有說話，說不定她根本不想走，說不定張清華跟林羽田看對眼了，自己這麼做，會不會把場面弄得很尷尬？

想到這邊，楊雅晴就有些緊張，她放開手，卻不太敢轉身看向林羽田。

而林羽田看著楊雅晴放開的手，靜默一會兒才開口說：「謝謝。」

這句話安撫了楊雅晴的不安，她看著林羽田，「喔……妳不討厭就好。」

她有些尷尬，林羽田卻舉步要往餐廳裡走。

「咦？」楊雅晴叫住她：「妳要馬上回去？」

「對啊，不盯著他們，萬一錯過惡咒怎麼辦？」林羽田理所當然地說。

「呃……」楊雅晴解釋：「那個……剛剛我們才說要離開……妳等一下再回去吧。」

她發現，林羽田似乎不擅長社交？

「……喔。」

兩人都安靜下來。

這間咖啡廳靠近一座小公園，中間夾著一條暗巷，幾輛摩托車呼嘯而過，而她們正站在暗巷的巷口。正當楊雅晴想說點什麼緩解一下氣氛時，不遠處的暗巷傳來腳步聲。

「咦！有正妹耶！」

幾個混混走過來，渾身的酒氣，只是靠近就讓楊雅晴皺起眉頭。

「真的耶，漂亮小姐，妳要跟我回家嗎？」為首的混混染了一搓紅髮，流裡流氣地問。

「羽田！我們走吧！」楊雅晴警戒地看著那個紅毛，把林羽田護在身後。

雖然她看過林羽田的身手，但楊雅晴還是習慣性地照顧身邊的女生。

紅毛看到楊雅晴的動作，故意壞笑著說：「喂！男人婆！我們找妳朋友聊天不行嗎？」

男人婆三個字刺痛了楊雅晴，她身高比較高，確實比較容易成為女生團體的照顧者，但這不代表她想當個男生！

她下意識地護著林羽田，站在她後面的人卻將她那一秒的僵硬看在眼中。

見楊雅晴沒回應，紅毛男又對林羽田喊：「美女，不用這樣躲著嘛……還是妳們是同性戀？」

「哎呦。」「呦～」「哎噁。」

幾個混混怪叫著圍上來，紅毛男更帶著酒意上前。

幾乎是剛搭上楊雅晴的肩膀，他的手就被林羽田握住了！

紅毛正開心地想說什麼：「嘿！我就說……」

只聽到一聲清脆的喀喀聲，他的手就被凹折成奇怪的形狀！劇痛順著手臂衝上腦袋，在腦子裡爆開！

「啊……痛！靠！」

他根本沒辦法說出完整的句子，疼痛讓他抱著手哭喊。

「抱歉，我不喜歡你們。」

林羽田從楊雅晴後面走出來，美麗的微笑中帶著一股寒意。

幾個混混你看我、我看你，其中一個亮出刀就要往林羽田揮去：「臭女人！」

但他剛要經過楊雅晴，就直接被攔住！然後一個過肩摔，將他摔到一旁的垃圾車上！

幾個混混對看，其中一個不信邪地罵道，「媽的！我們人比妳們多！不信弄不死妳！」

大概五六個混混一起衝過來，對楊雅晴跟林羽田舉起拳頭。

這群混混中的紅毛男是一個富家子弟，仗著家裡有錢，老是跟自己所謂的兄弟鬼混，這條巷子很偏僻，又沒有攝影機，他們就經常聚在這邊，看到有漂亮的女生就上前騷擾。反正他家裡有錢，又沒有女生會聲張這種事情，因此他在這一帶一直很囂張。

原本他看林羽田漂亮，想說吃幾口豆腐就算了，但他沒想到今天會踢到鐵板，還是超堅硬鈦合金的鐵板！

楊雅晴從小就在練跆拳道，連道館的師兄也誇她有天分，而林羽田身為調查中心的搜查官，自然有一套獨門的防身之術。

那個富家子弟仗著人多，看到兩個女生不怕，正打算打電話叫人來，楊雅晴又一記俐落的過肩摔，直接將其中一個混混摔到他身上。

紅毛連人帶手機被撞飛，這時他才發現在場七個人，有六個都呻吟著躺在地上，只剩自己站在巷口。他站在巷口看著這兩個女人走向自己。

這哪是漂亮小姐，根本是兩頭母老虎啊！他吞了吞口水。

林羽田走到他面前，那雙漂亮的眼眸看著他，他卻覺得像被蛇盯上了，有種將死的感覺。

「就算我是同性戀又怎樣？」林羽田挑眉道。

她往前走，腳上的高跟鞋跟敲在水泥地上，每一步清脆的響聲都敲在心上。

幾個混混爬起來想給她一頓好看，都被她靈巧地閃過。

林羽田的動作太快了，幾乎看不到，混混撲過來就被她踹倒，不是貼到牆上就是趴在地上！宛如地獄來的使者，伴隨著男人的呻吟聲跟求饒聲。

她走到紅毛面前，接下他的直拳，幾個動作就流暢地卸了他的手關節。

接著一踢一絆，讓他發出殺豬似的嚎叫！

這些人好吵，林羽田皺眉想。接著膝蓋一頂，紅毛男就沒有聲音了。

整個過程不到兩分鐘，暗巷裡已經躺了一排人。

「她比你好太多了！」

說完，林羽田給了紅毛男最後一擊，然後挽著楊雅晴走出去。

直到兩人走出巷口許久，那些小混混才回過神，蹣跚地爬起來跟著走出巷子。

回到店門前，楊雅晴才從驚訝中回神，「羽田，妳剛剛好厲害！」

林羽田回神似的放開手，聽到楊雅晴的佩服，有點開心地說：「沒有啦，特林沙有囑咐過，說不可以太惹眼。」

幾個跑出巷口的混混聽到卻覺得滿心傷痕，不要講得好像妳們是受害者好嗎？

林羽田看向楊雅晴問：「妳呢？有沒有嚇到？」

「沒事啦！我有用巧勁，應該只是皮肉傷。妳有沒有怎樣？」

林羽田點頭，「沒事，而且我有注意輕重，他們應該驗不到傷。」

小混混試算一下了內心的陰影面積，繼而想怒吼：妳們別太過分喔！

「不然我跟待在警政局的叔叔說一下好了，省得被人家找麻煩。」楊雅晴拿出手機，翻找電話簿。

「有用嗎？不然我去拜個碼頭好了。這邊是橋下的地盤，我剛好有認識的人。」林羽田說。

走在最後面的小混混聽到後驚覺：原來他們今天是調戲錯人了！以往都是他們把人弄到崩潰，今天第一次有淚灑暗巷的挫折感！

直到那些人都走遠，林羽田才舒了口氣，看著楊雅晴說：「幸好妳沒事。」

楊雅晴不好意思地笑著。她知道林羽田剛剛說的話只是在維護她，但聽到的當下還是很溫暖，原來被人保護的滋味這麼好。

但林羽田的心思早已經不在楊雅晴身上，她透過咖啡廳的玻璃看向店裡，馬上皺眉小聲地說：「他們該不會……」

楊雅晴也看過去，只見幾個人正圍著桌子，聚精會神地看著中央，還一起將手指向桌子，她很疑惑，「他們在幹嘛？」

「該死！他們在玩碟仙！」林羽田說完，就衝進咖啡廳。

※

林羽田跟楊雅晴出去後，張清華無聊地晃到陳子泉那邊，幾個女生正聚在一起聽他說鬼故事。

「後來呢？他們玩碟仙，然後呢？」

程雨冰聽得很入迷。她有一雙很漂亮的眼睛，雙手害怕地抱著一旁水玉秀的手臂，眼神卻充滿期待，標準的愛聽又會怕。

「後來？當然是車毀人亡，最後他們去廟裡收驚，裡面的師父才說那是他們的冤債，是該還的。」陳子泉說完，在場幾人都沉默。

「嘩！」

張清華隔著沙發大喊，幾個女生嬌聲地叫起來，「喂！你很討厭耶！」、「嚇死了！」

張清華哈哈笑著：「膽子這麼小，還聽什麼鬼故事！再說……」他突然靠近她們，像是發現了什麼低聲說：「我問你們……明明都車毀人亡了，那這個故事是誰講的？」

他壞心地看向陳子泉。

陳子泉也不過是講點鬼故事，嚇嚇女生而已，張清華輕視地想。

但陳子泉雲淡風輕地說：「當然是廟裡的師父啊。」他瞥了一眼櫃臺，知道店長去煮茶了便微笑著提議：「不然，我們玩看看？」

幾個女生是覺得很新奇。這幾年比較流行西方的通靈板，碟仙這種東西，她們都是有聽過，沒有看過。

「清華，你不敢嗎？」陳子泉笑著問。

張清華正想變臉，陳子泉似笑非笑的表情又讓他說不出話來。

「來啊！」

這時，陳滿華笑著出現，他看著陳子泉，眼神卻充滿怒火。

陳子泉推了推眼鏡，沒有把陳滿華的怒火放在心上。他鋪開一張寫滿字的紙，看著圍在桌旁的幾個人微笑邀請。

幾個人互看之後，還是把手放上碟子。

「碟仙、碟仙請出來。」陳子泉說。

安靜了一會兒，幾個人互相打量。

「請不到啦！果然是……」

陳滿華還沒講完，碟子突然動了。

陳滿華愣住，抬頭看其他人，他想看看是誰在搞鬼，卻只看到陳子泉一臉狂熱地盯著碟子，而張清華似乎想要放手又不敢，只好繼續將手指虛放在碟子上。

程雨冰不明所以地看著陳滿華，用眼神詢問：是你弄的？

陳滿華搖頭，程雨冰又看向自己旁邊的水玉秀。水玉秀充滿不安地靠緊著她，另一邊的詹倩雯也是，兩人的表情不安中帶著疑惑，像搞不清楚是怎麼回事。

所有人都安靜下來。

陳子泉卻陷入某種狂熱的興奮，率先開口問：「碟仙，請問你是男的還是女的？」

碟子緩緩移動起來。

「動了，動了！」程雨冰驚訝地喊，幾個女生小聲抽氣。

「是假的吧！」陳滿華突然彎下腰。

他想，如果有人搞鬼，那大概是把磁鐵之類的綁在膝蓋上，然後貼在桌子底下，這樣就能控制碟子移動了。但當他看向桌子底下時，所有人的腿都離桌子有一段距離。

這是一個厚重的木桌，而他剛才親眼看著陳子泉拿出碟子，碟子裡是空的。

陳滿華坐起身，看著其他人用嘴型說：沒有人。

所有人又安靜下來。

他們在檢查有沒有人搞鬼時，碟子還在緩慢移動。這個碟子是普通的醬油碟，在碟子的一邊有用紅色顏料畫的箭頭，而箭頭停在一個字上——女。

幾個人互相看了看，陳子泉先開口：「碟仙，請回答，我們現在有幾個人？」

碟子緩緩地移到「六」。

在場有陳子泉、陳滿華、張清華、程雨冰、詹倩雯、水玉秀，是六個人沒錯。

陳滿華看著碟子緩緩移動。底下的紙上有密密麻麻的文字，這樣可以用碟子讓碟仙回答，而且因為上面的字非常多，即使作弊，應該也不太能全部都背起來。

陳滿華抱著半信半疑的態度開口：「換我。碟仙請問……」他壞笑著想了一個問題，「請問我的內褲是什麼顏色？」

幾個人原本緊張的氣氛馬上被這個問題沖散了，張清華對陳滿華用眼神示意：有創意！

陳滿華也以眼神回應：當然！

眾人按著的碟子也開始移動，似乎在找什麼，過一會兒，碟子緩緩移到一個字：格。

所有人看向陳滿華，程雨冰笑了出來，「格子的，阿華，你被碟仙檢查過了喔！」

程雨冰是陳滿華的女友，既然她都這麼說了，答案肯定是對的！

幾個人又起鬨問了幾個問題，像是會不會有女朋友，碟仙也都一一回答了。

「啊！我想到一個！」陳滿華壞笑。

陳子泉卻馬上阻止，「不能問怎麼死的！」

陳滿華看到自己的想法被點破，有些不快，但是接收到程雨冰興味盎然的眼神，他轉念一想又說：「我知道了！碟仙，我什麼時候會死？」

碟子似乎被難倒了，繞了好幾圈，過了一會兒才慢慢停在一個字上：水。

幾個人都不懂意思，於是張清華又問：「是要注意下雨嗎？」接著轉頭揶揄陳滿華：「你要帶雨傘啦！陳滿華，要不要買一把給你？」

「不需要！」

陳滿華看著碟仙緩緩停在一個字前：否。代表跟下雨無關。

「你看吧！」

陳滿華看著張清華，十分得意。碟仙是站在我這邊的。

張清華還想說話，卻被陳子泉打斷：「應該是有水關？總之盡量不要去海邊、溪邊。」

陳滿華才懶得理他，跟張清華擠眉弄眼。

這時，程雨冰舉起左手，「換我們女生問了吧！」

程雨冰在班上是班花，她那張漂亮的臉蛋也確實襯得起這個稱號。

她看著碟子問：「碟仙，請問我的未來會怎樣？」

碟子繞了一個圈，停在一個字上面：換。

「換？」程雨冰跟自己的好姊妹水玉秀對看，「換工作嗎？還是房子？」

水玉秀是程雨冰的好姊妹，兩人從國小就在一起。她的個性內向，外表比較小家碧玉，比起喜歡跟程雨冰比較的詹倩雯，她就像個聽話的娃娃。

「說不定是換男朋友喔！」詹倩雯打趣程雨冰說。

詹倩雯其實長得不錯，身材甚至比程雨冰還好，不過她的臉比較偏東方女性，相較起來就不如程雨冰張揚、有個性。

「喂！」陳滿華舉起拳頭，警告詹倩雯不要亂講話。

「換我啦！」張清華對碟子問：「請問我的未來呢？」

碟子移到旁邊的字：躺。

難得平常安靜的水玉秀竟然搶著第一個講話，她問張清華：「躺？叫你躺著賺嗎？」

「有可能喔！畢竟我接我爸媽的公司就好了。」張清華笑說：「碟仙嘴巴滿甜的嘛！」

他已經確定大學畢業後就要進入爸媽的公司，直接從主管當起了。

「那我呢？」水玉秀也好奇地問。

碟子卻沒有回應。

幾個人都啞然，陳子泉看向水玉秀，又問了一次，依然沒有回應。

他接話：「可能碟仙累了，我們也差不多該結束了。」

幾個人也點頭。

「碟仙，請歸位！」

幾個人喃喃說著，一起移動手指，想要把碟子移到中間的位置。

可是碟子紋絲不動！所有人的臉都垮下來，一齊看向陳子泉。

「子泉，一定要歸位嗎？」程雨冰嘟著嘴說。

「對啊！丟掉就好了吧？」水玉秀也附和她。

「不可以！」陳子泉表情有些急切地說：「不歸位就等於打開了一道門，碟仙就可以出來。你們應該不想被祂影響人生吧？」

陳滿華用低沉的聲音喊：「喂！你太誇張了。」

聽到碟仙會跑出來，程雨冰皺著眉說：「不然我們還是照做好了。」

其他人聽到程雨冰這樣說，雖然不甘願，但還是乖乖照做。

「碟仙，請歸位！」陳滿華又喊了一次。

所有人的手都努力地往本位的方向移動，甚至用力到手指發白，但是碟子就像有一股奇怪的力量在拉扯，他們幾人幾乎拉不住。就在雙方僵持不下時，林羽田開門進來，門鈴搖動的聲音讓其他人分神，碟子也脫手飛出去——在地上摔成了一攤白色碎片！

「你們在幹什麼！」

氣急敗壞的店長走過來。陳子泉趕緊把紙收起來，幾個人故作無事。

林羽田走到碎片旁皺起眉，但店長比她快一步，看著碎了一地的碎片，「你們摔了什麼？」

幾個人靜默，最後還是陳子泉開口；「抱歉，有人的吊飾掉了。店長，掃把在哪裡？」

聽到不是店內的東西損壞，店長的臉色緩和了一些。不過營業時間也即將結束，他口氣不耐煩地趕人，「好啦，算了。我們也差不多要關店了。」

「喔。」幾個男生拿掃把掃起碎片，程雨冰則是先去外面等。

林羽田藉口要幫忙，也混入打掃的行列，楊雅晴則跟程雨冰去了外面。

張清華靠到林羽田旁邊，痞痞地笑，「羽田，妳等等怎麼回去？」

林羽田笑說：「雅晴答應要陪我回去。」

張清華想要再說什麼，但是林羽田已經掃完準備離開了。她跟楊雅晴要往南，其他人往北，所以他們在咖啡廳前解散。

兩人在公車站等車來，趁著這個空檔，林羽田問楊雅晴：「剛剛妳有看到什麼嗎？」

楊雅晴搖頭，「沒有，大家看起來都很正常，也沒有誰的身上有黑氣。」

現在她知道，如果有人施咒或者有鬼氣，外觀上就會有一層黑色的霧氣。

「希望如此。」林羽田說。

她總覺得自己似乎漏掉了什麼，但是現在也想不起來。剛才她全程緊盯，或許是那個施咒者看到自己，就沒有動手了。

第四章 開始

陳滿華回到家，跟程雨冰講完電話後準備去洗澡。

他不喜歡陳子泉，更讓他討厭的是今天陳子泉盯著自己的女友看，因此讓他跟程雨冰有點摩擦。

他剛走到浴室門口，腦海中突然閃過碟仙說他怎麼死的，那個「水」字像印在腦海裡。

但他旋即笑了。怎麼可能，浴室就那點水，他怎麼可能會死在那一點水中？笑死人了，難道要因為這樣就不洗澡了？

陳滿華走到浴室關上門，門後有一個黑色掛鉤。

陳滿華拿起那個黑色掛鉤，擺弄了一下傳輸線，一端插進掛鉤，一端接上自己的手機。

原來，那個黑色掛鉤是一個隱藏式攝影機。

他從手機上點選要觀看的影片，那是幾天前借宿在自己家的女孩。

他按下截圖。

看著女孩裸體的照片，他臉上帶著冷笑。之後他還能靠這個影片和照片勒索一筆錢。

然後他又按下播放，一手握著自己的慾望，一手拿著手機觀賞香豔洗漱場景，直到爽快地射出來，他才將手機放到浴室外面。

看著地上白濁的液體，他惡趣味地說：「兒子們，叫爸爸！」

當然，浴室裡沒有任何回應。

陳滿華打開蓮蓬頭，水花打溼了他的身體。他不喜歡關掉水再塗抹沐浴乳，也知道自己這樣很浪費，可是他就是喜歡聽那種水聲。

嘩啦啦的水流進排水孔，發出滴答聲。他擠出洗髮精，在自己頭上搓揉，泡沫破裂的聲音與水滴聲混合成詭異的節奏。

滴答——啵——

滴答——滴答——

滴答——答——啪噠……爸——嘻嘻！爸爸！

陳滿華一愣。他剛剛出現幻覺了？

他扭緊水龍頭，看著出聲的方向。真奇怪……

接著他又把水打開，但手指碰到水龍頭時，耳邊傳來聲音：「爸爸！嘻嘻……」

「誰！」

他生氣地回頭，水氣蒸騰的浴室內只有他一個人，環顧四周也沒有任何會發聲的器材。

這時，他又無比清晰地聽到一聲：「爸爸。」

光裸的後背上明顯有什麼東西。他能感覺到背後有重量如小貓的活物，以及類似爪子的東西鉤進自己的後背。感覺細微到猶如搔癢，並從他的後腰一路攀爬到脖子上……

他開始聽到耳邊有輕淺的呼吸聲！

陳滿華感覺血液都發涼了，不知道該不該回頭。

這時，一個尖細的聲音，帶著說話時的熱氣吹在他耳邊，「爸爸，嘻嘻！你是我爸爸！」

他迅速往自己後背一抓——卻什麼都沒有！接著上下左右揮動手臂，都沒有任何用處，因此驚慌得想逃出浴室，想要拉開強化玻璃製成的門。

但他的行動猶如蜻蜓捍壁！

「開……門……」他用力喊著，發出來的聲音卻細小如同嗚噎。

有什麼東西不想讓他出去，他看向一旁的鏡子。

沐浴的水氣讓鏡子起霧，可是還是能隱約看到自己的裸體。可是只看一眼，他就感到毛骨悚然！

他不是女生，沒有留長髮，為什麼他的脖子後面會有黑色的東西？

那不屬於他的東西正貼著自己，隨著他越緊張，那種不舒服的黏膩感就越明顯！

那是什麼東西！他想要抬手撥掉，卻發現自己居然不能動！

陳滿華努力掙扎，但鏡子裡的他紋絲不動。他驚慌地看著鏡子，那個東西似乎沒有任何移動的打算。

——快來救我啊！

陳滿華驚慌地想著，無數個人名出現在他的腦海裡。突然，他聽到門口傳來敲門聲。

「阿華！你在嗎？」

女友程雨冰的聲音，讓他重新燃起希望。

——小冰有我家鑰匙！

他滿心希望程雨冰開門進來！

砰、砰、砰！

「陳滿華！你到底在不在？」程雨冰的聲音充滿了不耐煩。

——快開門啊！為什麼不開？

他焦急地轉動眼珠，但眼角餘光突然發現，那個停在自己身上的東西似乎裂開了嘴……祂在笑！

與此同時，遠遠有腳步聲走到他家門口，「小姐？妳是這位房客的女友嗎？」

「是，我是……請問？」程雨冰看向從隔壁走出來的房客。

「剛剛我在走廊上看到陳先生，他好像趕時間，急忙走出去了！」房客說。

然後陳滿華聽到女友小聲道歉的聲音。等房客走遠，程雨冰低聲咒罵：

「臭阿華，不是約好了嗎？趕時間？難道他有小三了？」她的聲音充滿疑惑，「不行！我要進去看看。」

正當滿華滿心歡喜，認定程雨冰會進來救自己時，她又停下動作。

「不行！我之前才被阿華罵過啊……我要相信他！明天再問他好了。」程雨冰一邊說，一邊拔出鑰匙。

陳滿華心裡無限後悔。他之前確實有跟別的女生發生過關係，因此當程雨冰要進家裡時，他就罵了她一頓！

聽到程雨冰走了，他懊惱地站在浴室裡。這時，他突然感覺到那個東西爬了出去，他似乎可以開口了，於是他想大聲呼救，但發出來的聲音還是太小。

這時，他的手機響了起來！

陳滿華再度燃起一絲希望，想要趕快脫離這個詭異的情境！

他想行動，但是全身僵硬不已。他用盡吃奶的力氣想把手抬起來，卻沒辦法，讓他開始感到絕望。

手機震動了一會兒，摔到地上，反而按到了接聽鍵，一個女人嬌滴滴地說：『陳哥哥，你在幹嘛？人家好想你喔……』

陳滿華很激動地大喊，卻只能發出氣音。

『喂、喂？』女聲對著電話喊道。

陳滿華的眼角餘光感覺到那個東西就站在門口，用帶著惡意的眼神看著他。

正當他想說你能拿我怎麼樣時，他卻聽到了自己的聲音。

「沒事，我按到了。」

陳滿華從來沒有想過，自己的聲音會令他這麼害怕。浴室裡蒸騰的水氣無法溫暖他的寒冷，那是一種絕望到讓人凍僵的感覺。

女聲只來得及喂一聲，就被掛斷了。

陳滿華滿心崩潰，他不斷咒罵著，用各種髒話問候，卻被束縛得更緊，最後心裡只剩下一個疑問——這到底是什麼東西？

他看著鏡子，然後小腿一痛，那細小的東西又爬上自己的肩膀，刺癢感從小腿蔓延到背部。

鏡子裡，膚色的後背明顯有一個黑色的東西在移動，最後爬到了他的肩窩。

「為什麼是我？」寂靜的浴室傳來模糊的聲音，有人在陳滿華耳邊說。

什麼？陳滿華不懂。

「我問你，為什麼是我？陳滿華！」

這次清晰了許多，明顯是一個女生的聲音。

更令他害怕的是，這個聲音的主人，他認識！

那聲音的主人，是一個三年前消失的少女。

「把嘴巴打開！」少女的聲音說。

知道對方是誰的陳滿華拚命咬緊牙關。他知道這個人是誰，她的鬼魂回來報仇了！

該死！陳滿華無比後悔自己過去的行為，當初他因為好玩，找了幾個男生一起欺負她，只因為她在班上最安靜，她不敢聲張、懦弱的個性自然就成了他的目標。

當時，他們趁著體育課把那個女生拖到男廁，先拍下替自己口交的影片作為要脅，然後讓人扳開她的嘴，把噁心的泥土、昆蟲灌到她的嘴裡。

高中是最叛逆、好動的年紀，他們幾個人都以欺負人為樂，而她只是其中之一。

但是，現在後悔已經於事無補，他唯一可以做的就是用力咬緊牙關抵抗、不被撬開嘴，他可不想被灌下奇怪的東西！

然而，一股疼痛從下體傳來，火辣辣的痛楚讓他哀嚎出聲。接著，他被一個東西頂住嘴，直到東西經過口腔，他才隱約發現——那是一隻手，有人把手伸到他的嘴裡！

「吃下去！」

少女用力將手往他的口中塞。

陳滿華能感覺到手指甲刮撓著他的喉嚨，讓他欲嘔，但是卡在喉嚨的手又讓他吐不出來，只能被自己的胃液嗆傷。

那隻手絲毫沒有因為陳滿華的痛苦而停頓，反而不斷深入，從手指、手掌到手臂，穿入他的口腔，撐裂他的骨頭跟肌肉，巨大的疼痛跟噁心的感覺不停折磨著他。

當整個手掌都插進他的嘴裡時，他聽到自己的骨頭發出喀喀聲響。疼痛讓他的意識模糊，只隱約感覺到自己的下顎要被撐裂了！

不能呼吸讓他的肺部像被火烤般疼痛，口腔被強迫撐開的痛楚——肌肉因為承受不住而撕裂開來的疼痛輾壓著他。

少女冷笑地看著他，就如當年站在一旁，冷血拍攝的他。

這是他的罪，而現在，他該為自己總要用影像記錄下來的病態贖罪了！

陳滿華心裡的驚恐與肉體的折磨讓他無法呼吸，時間每過一秒，肺部都伴隨著巨大的痛楚！

整個浴室充斥著水聲。不久後，陳滿華嘔吐的聲音停了，只留下蓮蓬頭嘩啦啦地灑著水，最後，死亡讓陳滿華無力支撐自己的身體，倒在浴室裡。

據說聽覺是人死亡時最後消失的感官，因此他聽到自己倒在浴室的聲音。

一雙腳站在他的旁邊，走過來時帶著一點刮擦聲。他知道為什麼會有這個聲音，那時候他們曾把她拖到資源回收場，逼她赤腳踩在碎玻璃上。

鬼魂看著倒在地上的滿華，眼中的恨意無比清晰，然後她彎起嘴角蹲下，與倒在地上的陳滿華平視，開口說：「你活該。」

當年，他也是這樣跟她說的。

陳滿華的最後一絲意識就停在這裡。

——**活該。**

第五章 驗屍

幾天後的休假日，林羽田在房間裡，吃著楊雅晴送給「前輩」的布丁。

電腦裡網路遊戲的電子音效不斷傳來，她一邊享受著手作布丁Q彈的口感跟牛奶的香氣，一邊單手操縱鍵盤，讓人物在遊戲中跑位，腦袋裡卻在想要怎麼獨占楊雅晴的廚藝。

要買食物去她家，跟她一起煮嗎？可是她哪知道要買什麼菜啊！可惡，太令人煩惱了！

難道要花錢聘請她當廚師？錢她是有，畢竟特林沙給的薪水不少，按照她的財力也不是請不起，可是這樣會不會讓楊雅晴很沒面子？

好困擾啊！林羽田想，楊雅晴做的東西真的好好吃，到底要怎樣才能一直吃到呢？

叮鈴！

手機響起提示音，打斷了林羽田的思考。她關掉遊戲，打開另一台螢幕，愛妮莎跟多恩正在另一邊討論東西。

「怎麼了？」林羽田問。

『小田，女巫發現了很奇怪的東西喔！』愛妮莎帶著興奮的表情。

她背後是實驗室，綽號女巫的多恩正在輸入資料。

林羽田皺眉問：「什麼奇怪的東西？」

難道那個施咒者有下一步動作了？

『是屍體！』愛妮莎興奮地說：『很奇怪的屍體。』

愛妮莎對死亡的表現異於常人。

不過，多恩原本的職業就是驗屍官，看屍體是她的日常，能讓她也覺得奇怪的屍體……

林羽田問：「有多奇怪？」

『是一個男性，在浴室發現的。』多恩拿出一張照片，擺到鏡頭前，『妳看這個肺部抹粉的顏色，死因是一氧化碳，但是他的嘴巴卻有明顯的撕裂傷跟脫臼，身體上有奇怪的爪痕。』

『撕裂傷？』楊雅晴問：『是哪裡撕裂？嘴？』

這時林羽田才發現，原來楊雅晴也在視訊群組裡。

『對，像是有人硬把某種棍狀東西硬塞進那個人嘴裡。』多恩有趣地說：『就是A片常說的口爆吧！很寫實的那種。』

林羽田對多恩的這種黑色幽默已經習慣了，她只就奇怪的地方問：「那爪痕是怎麼回事？那個人有養貓？」

『不是喔！根據爪痕，那種東西只有三個指頭。』多恩說。

那種東西？林羽田又問：「難道妳找不到那是什麼動物的爪痕？」

多恩微笑，『在全球一萬兩千種動物足跡的資料庫裡，找不到任何與這個動物相符的爪痕。要嘛就是因為後天因素少了幾根手指的動物，但是要我說嘛……』她露出一臉壞笑。

「別賣關子，女巫。」林羽田催促道。直覺告訴她，多恩說的會是對的。

『我覺得那是人的指甲。那種新月形狀，非常像人的指甲，但是按照大小，恐怕是八個月或剛出生的嬰兒指甲。』多恩有趣地說。

「所以有個小嬰兒，趴在那個男性身上？」林羽田皺眉。

『是，小田，我懷疑這個男性是被女生報復的。』多恩說。

『我、我，選我！』愛妮莎在鏡頭旁揮手，將她的平板舉到鏡頭前，『小田，妳看這個！我調閱了那名男性周遭的監視器，這是他住處的走廊。』

她按下撥放鍵。

有一名女性在敲門，但是敲一敲，她突然安靜下來，轉頭與空氣說話，一會兒指著門，一會兒看向空氣，然後看了門一眼就自己走了。

「有東西在跟她說話。」林羽田從她的行為判斷道。

愛妮莎興奮地點頭，『對對對！我去查過這棟出租公寓了，嘿嘿！因為人們對科技的依賴，熱水器是統一由中央系統控制，也有加裝一氧化碳的感應點，可是在這位男性死亡的時間，系統卻沒有任何反應！』

「所以，如果不是系統故障，就是一個鬼魂殺人，偽裝成事故？」

愛妮莎興奮地點頭，『賓果！』

多恩拿出一張照片，對著鏡頭，『妳們看看，他的眼眶都撐裂了，數據顯示出他當時的心跳劇烈、中樞神經分泌出過多的腎上腺素，且腦內啡增加，肯定是受到了很劇烈的疼痛跟刺激。』

「多恩，妳是不是又在死亡證明上面亂寫了？」林羽田突然問。

『小田，人家說的是事實啊！』

多恩無辜地眨眼。她不懂，為什麼死亡證明上一定要寫那些拗口的名詞，明明就是嚇死的！

林羽田不想跟她爭辯，因為用口語化的寫法會影響案件，但算了，反正他們最主要的任務還是把施咒者追捕回來。

「講了這麼多，請問那位先生尊姓大名？」

多恩意味深長地看著螢幕說：『這妳就很熟了，妳前幾天參加同學會，是不是有個同學叫陳滿華？』

林羽田還在思考，突然有個聲音說：

『有。』楊雅晴的聲音傳來，她不安地看著鏡頭，『所以他……死了？』

『對，不過他的死因很可疑，所以需要小田去調查。』多恩說。

林羽田問：「雅晴，妳是班上的風紀，妳有聽說他們曾得罪誰過嗎？」

『班上有一些傳言，就是關於他的。』楊雅晴不安地說。

※

屍體需要現場調查，但楊雅晴跟林羽田是非官方人員，所以只好扮成記者，想盡辦法混進陳滿華的住處。

「我們這樣不算是偽造文書嗎？」楊雅晴問。

「我們是真的有在經營雜誌，還因為雜誌名稱叫水果日報，蘋果就要告我們抄襲，現在正在打官司。」林羽田面無表情地說。

特林沙有很多管道，而調查中心的存在介於靈界跟現實之間。

她們藉著採訪的名義走到門口時，房東不安地等著，「林小姐？」

「我是。房東先生，請不要緊張，我們只是來採訪的。」

林羽田對房東甜笑。她原本就長得很漂亮，有心要討人喜歡時，就跟電視上的女神差不多。

房東被她甜蜜的笑容迷暈，什麼事情都老實交代，「不過啊，之前陳先生的家人來看過，把東西都收走了耶！」

「沒關係，我們只是來看看，拍幾張照片就走。」林羽田說。

兩人隨著房東來到陳滿華的房間。陳滿華的屍體被運走了，整個空間只殘留著一些臭味跟水漬，靠近浴室的地方有些血液凝固的暗紅。

房東開門後，想起陳滿華的屍體，又想到自己的房子受到了影響，心裡很不舒服，因此留下這兩個記者小姐就離開了。

林羽田直接走進浴室。此時現場幾乎都被清理過了，就算有指紋、血跡也都被破壞了。

「這樣真的找得到什麼嗎？」楊雅晴跟在她後面問。

「我們要的不是現實的東西。」

林羽田拿出儀器，開始掃描，楊雅晴在一旁看著她操作。

只見她拿出一台平板，上面是視訊的畫面，看來這是愛妮莎給的工具。林羽田就用這個平板拍攝整個浴室。

「看看周圍有沒有什麼奇怪的。」林羽田說。

楊雅晴四處看了看，就是一間很普通的浴室。看著看著，她突然發現有一個黑色的掛鉤上纏繞著黑氣。

楊雅晴要林羽田注意那個掛鉤，「那個……羽田，掛鉤好像有問題。」

林羽田走過去，看到楊雅晴離那個掛鉤有三步遠，「妳不想碰？」

她一直覺得，楊雅晴有著野獸般的直覺。既然她不想碰又注意到這個東西，就表示這個掛鉤有問題。

楊雅晴搖搖頭，但又覺得把事情都丟給對方很奇怪，改口道：「我拿看看。」

林羽田馬上阻止她，「別動！我來。」

她從剛才拿上來的箱子裡拿出洗碗專用的手套並戴上，走到那個掛鉤前，並把鉤子一推，耳邊就傳來一聲尖叫。

聽到那聲尖叫，林羽田就知道這是她們要找的東西。

「這是什麼？」楊雅晴問。她似乎沒有聽到那一聲尖叫。

林羽田看著鉤子心想：楊雅晴對剛剛的尖叫聲沒有反應，看來她聽不到陰間的聲音。

「這是隱藏式攝影機。」林羽田解釋。

在鉤子下面的小黑孔裡，攝影機閃爍著燈光。

林羽田拿起手機，撥給愛妮莎，「我找到了一些東西。」

她們總共找到了幾樣東西，都是靠楊雅晴的眼睛找到的，分別是隱藏式攝影機，以及藏在書櫃最裡面的硬碟。

兩人打算坐車回去。臨上車前，楊雅晴看到林羽田把什麼東西交到房東手上，似乎是個隨身碟。

「那是什麼？」上了車後，楊雅晴問。

「隨身碟，房東跟我買的。」

「為什麼要跟妳買？」楊雅晴不懂，那看起來只是個很舊的隨身碟。

「應該說，是跟愛妮莎買。因為他們說好了，我們能進房子裡找到我們想找的東西，交換條件就是替他消除網路的負評。」林羽田看著楊雅晴，「還是先說那個陳滿華吧！」

「阿華嗎？」楊雅晴想了想，「我沒什麼印象，他就是很普通的人，喔，對！班上有人傳言，他有霸淩一個女生。」

「誰？」

「不知道，沒有人說過名字，但是言語中，他們似乎有一個固定的『玩具』。」楊雅晴說。

對於這次的事，楊雅晴的感覺很不好。一個高中同學、跟自己同年的人就這樣死了，但林羽田一點傷心的感覺都沒有，甚至，那個中心的所有人都帶著有趣跟研究的感覺調查，好像這麼一條生命只是她們工作的日常，可以用他人的死亡開玩笑嬉鬧，給人非常冷血的感覺。

兩人一起回到犯罪調查中心時，剛好遇到在外面抽菸的多恩。

她還是穿著黑色的連身裙，配上波浪捲的長髮非常嫵媚，但外面披著一件醫生白袍，又讓她多了幾分專業。

「BOSS把屍體調來了。」多恩對林羽田指了指裡面。

「要看嗎？」這句是問楊雅晴的。

楊雅晴遲疑了一下，點點頭，跟著他們走進房間，看到愛妮莎正在把某些儀器貼在陳滿華的遺體上。

楊雅晴走近，聞到某種味道。眼前確實是陳滿華的臉，前幾天還在咖啡店裡有說有笑，但現在他躺在冰冷的手術臺上，慘白的身體被多恩翻動，胸前有一個大大的Y字，那是被解剖過的痕跡。

「他身上的痕跡沒辦法追蹤。」多恩對林羽田解釋，並走到手術臺前看著陳滿華。

而楊雅晴看著眼前的多恩。之前，在車子上的她是一名普通的女性，但是當她走進驗屍間，卻有強大的氣場，如同女王降臨。

調查中心的人圍著屍體聽多恩說明。

多恩指著陳滿華身體上的傷痕，「這邊還有口腔撕裂傷，有一些失血，但這都不是他的致死原因，我檢查過傷口，但沒有任何紋路、細胞，就算化驗，也只有死者一個人的DNA，皮屑、組織、屍斑都顯示這個人是意外死亡的。」多恩聳肩，「恐怕凶手不是活在現實的人！」

「可是嘴巴張這麼開，人會痛吧？為什麼他不停止？」楊雅晴好奇地問。

陳滿華連嘴角都有些裂開了，要多大的驚嚇或者暴力才能造成這樣的傷口？

「大腦是很容易被欺騙的。」多恩笑著說，「看看這個。」

她打開電腦，螢幕上明顯有一條線劇烈跳動後迅速靜止，然後歸於水準。

多恩解釋：「這是他腦內啡的檢驗結果。隨著時間過去，腦內啡分泌出來後卻沒有消失，表示他還沒有平復心情，就直接在最恐懼的時刻死去了。」

「恐懼？」林羽田問。

「瞳孔放大、內分泌，代表他受到了極大的驚嚇。」多恩耐心地解釋。

「可是浴室裡沒有嚇人的東西啊。」楊雅晴問。

「那就與我無關了。或許是想法或者是幻境，我只能告訴妳死因，但為什麼會這樣，就要問我們的調查官了。」

多恩看向林羽田，因為林羽田就是調查官。

「總之，他受到了極大的刺激，在最刺激、最需要氧氣時身在密閉的浴室，然後因為缺氧腦死了。」她指著線條呈現水平的地方，「這邊，死亡時間大概是十一點三十六分左右。」

這時，愛妮莎衝進來，眼神閃亮，拿著平板非常興奮地要林羽田看她。

「小田，我找到了！」

她開心地說，然後將林羽田拉到她的座位。

「妳看！妳看！」愛妮莎打開影片，「出現東西了。」

影片裡，有一個男生走進來脫衣服，準備洗澡，然後他轉身開始移動攝影機。

「這是……偷拍？」楊雅晴遲疑地問。

「對應浴室掛鉤的位置來想，沒錯！而且他的硬碟裡有很多偷拍影片，似乎是準備賣給別人的。」愛妮莎說，拿出一支棒棒糖並打開，放進嘴裡，「我查過他的資料。每個月的二十三號，他都會有一筆錢入帳，而且金額越來越龐大。」

「勒索、賣偷拍影片，大概是這兩種錢。」林羽田冷冷地說。

「而且我們很幸運，我們的凶手有留下訊息。」

愛妮莎按下播放，畫面快轉到陳滿華站在浴室裡，背對著鏡頭的片段。而鏡頭的對面是鏡子，可以清楚地看到陳滿華僵硬慘白的臉。

有一團黑霧在陳滿華的左肩上，過了一會兒，一個女生出現在鏡頭前，而且能從鏡子裡看到一個女生的肩膀、脖子還有頭髮。

但是陳滿華沒有動，像在發呆一樣，沒有任何驚嚇的反應。

「他不怕嗎？」楊雅晴好奇。

愛妮莎輕笑不語，林羽田則回答：「他非常害怕，只是鬼魂持咒，所以他無法動彈。」

楊雅晴看了看陳滿華的肩膀，「是這團黑色的東西嗎？」

愛妮莎頓時愣住，而林羽田皺起眉。

楊雅晴看著她們凝重的臉色，無辜地想：我是不是又說錯了什麼？

「看來，我們需要一次『特別的』視力檢查，我去聯絡……」愛妮莎說。

「不用！」林羽田打斷愛妮莎：「我會上報給BOSS，如果需要再聯絡就好。」

愛妮莎看著林羽田，過一會兒，她拿出另一支棒棒糖，塞進嘴裡，「隨便，不過小田，我記得中國有句俗語叫『閻王要人三更死，誰能留到五點鐘？』。」

所有人安靜了一會兒，然後林羽田跟楊雅晴大笑起來。愛妮莎似乎是從美國來的，所以這句話講得不倫不類的，反而沖淡了緊張氣氛。

她們繼續看影片。只見陳滿華還是沒有動，就像靜止一樣，如果不是進度條在動，楊雅晴都要以為她們在看一張圖片了，唯一有點變化的，就是蒸騰的水霧。

他們等了一下，突然聽到敲門聲。林羽田推算時間，應該是程雨冰過來找他了。繼敲門聲之後是一陣模糊的聲音，聽得出那個女生在跟誰說話，卻聽不出是男是女。然後又歸於平靜。

又過了一會兒，手機響了起來。這時，楊雅晴注意到那個趴在陳滿華身上的東西動了，像是某種四腳動物，爬下陳滿華的肩膀，而他也開始有明顯急促的呼吸，但就是不見他移動。

手機響起時，她們居然聽到陳滿華的聲音在浴室外面接電話。

「恐怕陳滿華也嚇到了，肌肉僵直得厲害。」愛妮莎說。

林羽田點頭，最後那個女生出現了，「看動作，似乎是她把手伸進死者的嘴裡？」

「為什麼要把手伸進嘴裡？」楊雅晴問。

「做讓死者痛苦的事情。」林羽田淡淡地說。

最後，陳滿華流著血，整個人倒在地板上，徹底從人變成屍體。

整段影片就此結束。

楊雅晴覺得胃裡像裝滿了冰，頭暈想吐又想逃離這裡，她想忘記那些影片。

林羽田則是低頭沉思，「愛妮莎，室內圖。」

愛妮莎不停敲打著鍵盤，然後調出一張圖。那是用3D建模製成的浴室模擬圖，原來林羽田在她們去採訪時，掃描並傳送了室內的景象供愛妮莎使用。

林羽田看到一個3D的男性模型，「死者在這邊。」然後讓楊雅晴站在自己的對面，又道：「這是女生的位置，對應下巴，比我高一點。」

接著她對照了一下室內圖，「這個位置有一個馬桶。」

愛妮莎點頭，「對。」

林羽田拿了一把椅子站上去，扮演站在陳滿華前面的女生。

「死者的身高有一百七十三公分，女生則大概比他高了十五公分左右……」

楊雅晴比對著資料。

她跟陳滿華的身高差不多，往上就看到林羽田的臉跟自己面對面。

她有著雪白的肌膚、粉色的嘴唇，一雙漂亮的眼睛也正看著自己，讓楊雅晴有幾分失神。

「女生的位置比我還矮一些，而馬桶高三十五公分，所以加起來有一百八十八公分。根據她對死者憤怒的情緒，那個女生站得比死者高，會造成壓力。所以扣掉那三十五公分，恐怕實際上女生的身高會是一百五十五公分，是一個滿嬌小的女性。」林羽田說。

愛妮莎也調出了資料，「五年前，微星高中，跟死者同班的女生中，這個身高的只有……」

「余曉妍！」楊雅晴想到了一個名字，「她是全班最矮的女生。而且同學會那天，她一直看著陳滿華。」楊雅晴說。

林羽田的心跳了一下。她回想當天的座位，留到九點多的人有七八個，她卻不記得有這個身高很矮的女生，但因為大部分的人都坐著，似乎也不能說沒有……

林羽田先讓愛妮莎調出資料，就資料討論了起來。

根據資料顯示，那個叫余曉妍的女生，在微星高中沒有念到畢業，高三時就轉走了，過不久就發生了陳子泉的爸爸到學校來鬧的事情，所以沒多少人注意到這個女生。

愛妮莎調出學校紀錄，「高一的成績很穩定普通，全班三十人，她在十八名左右，國文不錯。但在高二下學期開始急遽下滑……大概是從那個時候開始出事的吧？」

「那國文成績呢？」林羽田問。

「依然穩定上升，甚至到一枝獨秀的地步。」愛妮莎笑說。

「找出跟她的分數最接近的那個人。如果我沒猜錯，應該是陳滿華。」

「賓果！」愛妮莎說。

她將兩人的成績調出來放在一起，很明顯地，在高二的某個階段開始，兩人的成績波動幾乎一模一樣，陳滿華偶爾會比余曉妍高幾分，但兩人的成績一直維持在同樣的波動。

「還有位置圖，我記得在社交軟體上會有存檔。」林羽田說。

愛妮莎的手指在鍵盤輕敲幾下，調出高二上下學期、高三上下學期的位置圖。

「高二上學期還坐在前幾排，但是高二下學期開始卻坐到後面，靠近陳滿華的位置，又被隔離在他們之外。」林羽田淡淡地說。

「很正常，在霸凌現象裡，成績共用或拉近座位的關係連結，可以孤立那個同學，讓她更依附霸淩者。」

「可是！她從來沒有反抗過，還是小冰的好姊妹啊。」楊雅晴驚訝地說。

「程雨冰嗎？恐怕這是假的。」愛妮莎說完，她的電腦畫面閃動，看得出來她在瀏覽程雨冰的IG。

上面滿是批評，動不動就覺得誰噁心，用戲謔嘲笑的話語批評每一個人，越是限制觀看權限就越惡毒。

「她恐怕沒有這麼喜歡妳……們。」愛妮莎說完，又打開了一支棒棒糖。

楊雅晴已經接受了愛妮莎的爆食屬性，但她無法接受社交軟體上的留言。

她還記得程雨冰曾說自己很有中性美，但是私底下，她卻說自己是死人妖跟變態同性戀？而她服務大家的行為竟然被說成偽善，跟想要跟所有人發生性行為？

林羽田看著楊雅晴呆愣的表情，知道她受到很大的打擊，於是轉移話題問愛妮莎：「五年前，應該有關於『玩具』的敘述吧？」

愛妮莎拆開一個巧克力，塞進嘴裡。

「好！」她的手指飛快地在鍵盤敲擊，調出程雨冰的個人動態，「五年前……關鍵字玩具……找到了，嘖嘖，有六十幾篇呢！」

明明愛妮莎沒有其他意思，但楊雅晴就是覺得愛妮莎帶著一股惡趣味，很享受這種看到別人另一面的感覺。

愛妮莎感覺到楊雅晴的視線，轉頭對她微笑道：「別驚訝，妳要知道，The Internet is dark of

the people（網路是人的黑暗面）。」

楊雅晴頓時愣住，林羽田則皺眉打斷她：「愛妮莎，再找出有陳滿華名字的。」

他們是共犯，所以社群網站也會有連結。

「知道了。」

愛妮莎笑著在資料中搜尋，最後找出一張圖片跟影片。

影片是余曉妍站在某個地方跳上跳下，似乎要拿什麼東西，她拚命地哭卻還是一直跳，似乎上面有什麼東西讓她急著想要拿下來，而且影片上還做了標記：

『#蠢得跟豬一樣　#智障』

另一張，是一個女孩裸體坐在床上打開腿，拿著情趣用品，旁邊還有男性的生殖器。畫面只到肩膀，但配合前面的調查結果，楊雅晴知道這是余曉妍。

圖片上還加上了難聽的字句。

非常暴力跟色情，楊雅晴簡直不敢相信自己的眼睛。這是跟自己同班三年的人做出來的事？

「把她後面的鏡子放大，還有另一張，遠處的玻璃上有學號，處理一下。」林羽田說。

兩張照片被放大分析，直到看不到那兩張照片，楊雅晴才覺得自己的身體能自主行動了。她拔腿衝去外面的廁所，發出陣陣嘔吐聲。

這種事情對一個大三的學生來說，似乎嚴苛了一點？畢竟不是每個人都能接受這種事情，而且她跟受害者同性別，或許很難接受這種直接到讓人難以忍受的色情。

不過BOSS已經吩咐過了，楊雅晴歸林羽田管，所以林羽田要怎麼帶人是她的事情，不要

world Criminal Investigation Bureau Underwor

打擾我用餐就好！愛妮莎想。

愛妮莎瞟了林羽田一眼沒說話，只是繼續分析影像，「出來了，一〇五〇二三〇七。」

林羽田開始細細回想，「一〇五是年、〇二是年級、〇三則是班級，七號是座號才對……」

愛妮莎依據她的推測，調出另一個人的資料，「周一文。」

「查一查他們的關係網。」

愛妮莎點頭，「我查過他們的留言。就死者陳滿華、程雨冰來說，留言和點讚的次數最多，並且互相標記最多次的，大概有六個人。」

螢幕上出現六個人的照片。

陳滿華、程雨冰、周一文、詹倩雯、水玉秀、張清華，幾張清秀的照片被調出來。

「他們是同一個群體，在差不多的時間發表相關的事物，看得出來陳滿華是領頭羊，只有他發文，其他人才會跟進，關係大概是這樣。」

楊雅晴回到愛妮莎的辦公區，聽到她的分析便虛弱地問：「那他們有危險了吧？」

「Maybe。」愛妮莎聳肩。

「那我要警告他們！」楊雅晴拿起手機就走出隔間。

「我勸妳不要比較好喔！因為……」

愛妮莎還想說什麼，林羽田卻舉起手，打斷愛妮莎的話。

她看著楊雅晴走出去的背影說：「不用管她。」

「這就是所謂的『珠玉在側』啊。」愛妮莎有趣地撐著頭。

「成語不是這樣用的。」

林羽田有些煩躁地抹一把臉。愛妮莎的中文造詣還有待加強。

一旁的多恩拿著圖片走來，看著兩人，疑惑道，「怎麼了？小晴在打給誰？」

「其他的施暴者，通知他們逃命。」愛妮莎說完，又打開一包軟糖。

「嘖嘖！親愛的，妳這樣吃會胖的。」多恩說。

「我還在發育！」愛妮莎皺起鼻子，撕牙裂嘴：「女巫，妳要搶我的食物？」

「哪敢啊！」多恩說：「不過兩百歲的人還在發育……不予置評。」

她走向林羽田，遞出一張圖片。

「我從屍體上找到了咒的痕跡。」

多恩方才將陳滿華的屍體翻到背後，用一種特殊的綠光一照，上面有明顯的咒文痕跡。

「看來施咒者是開書考。妳看這幾條線，略顯遲疑，對方在思考自己有沒有畫對。我查了這個咒，意思是……」

林羽田接道：「願用生命詛咒你在地獄永遠痛苦。」

對方使用的術法跟她的家學很接近。

「對，而且陳滿華沒有去報到。」

多恩的意思是，陳滿華死後並沒有去地府報到。那他的鬼魂去哪裡了？林羽田皺起眉。

「愛妮莎，我們那天的掃描……」

「沒有人，也沒有任何靈魂的波動，我可以很肯定，連蟑螂跟老鼠都沒有，那周圍跟真空一樣。」愛妮莎說。

「人死後通常會有靈魂，而靈魂會徘徊在死亡的現場，可是陳滿華去哪裡了？」林羽田問。

愛妮莎跟多恩搖頭，她們也不知道。

林羽田繼續沉思，而且為什麼余曉妍現在才開始復仇？

按理來說，頭七跟七七是死者最有靈感的時候，但是她卻到三年後才開始復仇，為什麼？

這時楊雅晴衝進來，打斷了林羽田的思考。

「程雨冰出事了！」

楊雅晴還沒打給任何人就接到電話，詹倩雯說程雨冰墜樓了。

林羽田點頭，「走，去看看。」

她率先走出中心，楊雅晴跟著上車，才發現只有兩人上車，「呃……愛妮莎跟多恩她們呢？」

「她們是後勤。」

「喔，所以她們不用來……不過，妳們到底是什麼背景？」

聽她們討論的內容，還有這麼高超的專業技術，都不是一般人吧！

他們到底是誰？他們追查的咒術又是什麼？

林羽田簡單地介紹：「愛妮莎是服刑中的駭客，特林沙是她的監督官，因為她的能力強大，沒有人可以抑制她，只好求助東方的神祕力量。」車子轉過一個彎，林羽田問：「地址呢？」

「仁德醫院。」楊雅晴乖乖報上地址，續道：「那女巫……不是！是多恩呢？」

「她說她是個流浪醫生，雖然從小學習巫醫，但大部分官方都不認可，所以她只能重新考照。

事實上，她也是特林沙的管理對象之一。」

「那……妳呢？」

林羽田說：「我是來實習的。」她是道家的修行者。

「那特林沙呢？」

「我不能說，建議妳也不要好奇，總之，這個地方沒有人是單純的，所以這件事結束後，妳就退出吧。」

一時間，車子裡安靜了下來，只有冷氣的聲音運轉著。

直到開進仁德醫院的地下室，楊雅晴下車後看著林羽田：「為什麼我覺得妳很想要把我趕走？」

林羽田只安靜不說話，直到一個女生的聲音從後面傳來，「雅晴！是雅晴嗎？」

楊雅晴一愣，是那六人團體的成員之一，詹倩雯，「倩雯？」

「雅晴，太好了，妳來了！」詹倩雯激動得上前抱住了她。

楊雅晴愣了一下。詹倩雯平時是不會對自己這麼熱情的人，她這樣的表現讓楊雅晴感覺有些奇怪，她想跟著林羽田往前走，卻被詹倩雯拉住手腕，只好回頭問：「倩雯，發生了什麼事情？妳慢慢說。」

「雅晴，一定是碟仙！我們不該在同學會玩碟仙！」詹倩雯驚慌地說。

「什麼？為什麼妳會這麼說？」

「是小冰說的，碟仙一定是不高興被阿華打斷！而且後來碟子不是摔破了嗎？」詹倩雯緊緊抓著楊雅晴，「我上網查過，大家都說碟仙沒有請回去會遭報應的！」

「倩雯，妳冷靜點！」

楊雅晴抓著詹倩雯，她的表情很不對勁，不太像她平時的樣子。

因為被楊雅晴抓住，詹倩雯稍微冷靜了一點，她看著楊雅晴還有她背後的林羽田。

詹倩雯皺起眉問：「雅晴，那個人是誰？」

「羽田是轉學生，才轉來兩天又轉走的。」

「喔……對了！我跟妳說，小冰出事了！」詹倩雯其實也只是禮貌性問問，她的心思還是放在程雨冰墜樓的事上。

「怎麼了？妳慢慢說。」楊雅晴問。

兩人一邊走向停車場的電梯，林羽田已經在裡面等了。

「幾號房？」林羽田問。

「三〇六。」詹倩雯說完，就靠在楊雅晴旁邊，但還是對林羽田露出虛弱的笑容，「抱歉，我是真的很害怕，小冰她摔得好慘……」

林羽田只是看著樓層上升到三樓，沒有想要理詹倩雯的意思。

叮！電梯到達三樓，林羽田直接走出去找三〇六。

來到三〇六病房，程雨冰的手跟腳都打了石膏，眼眶紅腫，似乎剛狠狠大哭過。

楊雅晴上前看到了程雨冰，卻有些尷尬。只見程雨冰滿身傷痕，原本漂亮得像公主，現在卻緊張地在床上瞪大著眼，而且楊雅晴剛看過陳滿華的屍體跟社交軟體上的留言，實在不知道該怎麼面對程雨冰。

正當大家不知道該說什麼的時候，程雨冰看到詹倩雯就激動地抓著她，「小雯！」

詹倩雯上前軟軟地安慰她：「小冰，我把雅晴帶來了。」

「我不知道該怎麼辦！風紀，是不是碟仙要來抓走我們？」程雨冰驚慌地看著楊雅晴和她身後的林羽田。

楊雅晴驚訝地問：「你們真的在咖啡廳玩碟仙？」

她以為林羽田在咖啡廳時是看錯了，沒想到他們是真的招來了碟仙？

「那時候妳好像出去了，子泉就提議要玩碟仙……」程雨冰低聲地說，然後像想到什麼，害怕得眼眶泛淚。

「碟仙，不是請鬼的遊戲嗎？」

楊雅晴瞥了一眼林羽田，那天她急著進去咖啡廳，不就是因為這個嗎？

「我們哪知道啊！只是好玩啊！」程雨冰說著，委屈地嘟起嘴。

「妳詳細講一下，你們到底問了什麼？」楊雅晴問。

那時她跟林羽田在外面，沒想到他們會在別人店裡做這麼瘋狂的事情。

程雨冰一五一十地全說了，詹倩雯則是藉口要上廁所，離開了一下。

程雨冰講完後，楊雅晴跟林羽田對看。

她發現林羽田的表情充滿不贊同，而且眼神帶著一點警覺地看著程雨冰。

楊雅晴也看著程雨冰，據特林沙所說，自己應該有陰陽眼，可是程雨冰的樣子很普通，什麼黑氣都沒有看到，應該沒事吧？

她安慰程雨冰：「小冰沒事啦！妳別想太多。」

但是剛看過程雨冰的留言，現在要她安慰一個在自己背後講壞話的人，她真的不知道還能怎麼開口。

林羽田卻突然說：「程小姐，妳男朋友來找過妳嗎？」

楊雅晴看著林羽田，為她的行為感到佩服。如果語驚四座也算一種能力，林羽田是SS級吧？

程雨冰生氣地問：「妳是誰啊？我男朋友才剛出意外，妳是在影射什麼嗎？」

「妳覺得我在影射什麼？」林羽田一雙眼坦蕩蕩地盯著程雨冰。

「我哪知道！是妳亂說話的……」程雨冰語氣遲疑，轉頭又瞪了楊雅晴。

「那說說看妳是怎麼摔下去的？」林羽田說。

「妳又不是員警，憑什麼問這些？」程雨冰生氣地說完，看著楊雅晴，「風紀，妳把她趕出去吧！」

林羽田看著她說：「如果妳不怕男朋友再來，那我們就告辭了。」說完就轉身離開。

楊雅晴當場愣住，林羽田並沒有找她一起走，那她現在是該走還是該留？

跟著林羽田走是最妥當的，但是若她走了，程雨冰怎麼辦？看到她摔下樓的這副慘樣，極有可能是陳滿華的鬼魂去找程雨冰了，她可以坐視不管嗎？

「風紀！」

程雨冰看著楊雅晴，心想都過了五年，她還是一副男人婆的樣子，不過那不是重點，她皺眉問：「剛剛那個女人是誰？」

「呃……她處理過陳滿華的屍體。」楊雅晴心虛地說。

他們的機構名稱聽起來就不像正常的公司，還是講得像鑑識人員好了，反正也有驗屍官跟調查官。

「所以是警方派來的嗎？」程雨冰問。

「類似屍體鑑識員……」

聽到她這樣說，程雨冰反而放心下來，大概是政府的不同機構吧！

但她想到當時看到陳滿華來找她，又害怕了起來，接著想到楊雅晴怎麼會知道自己出事了？

「話說風紀，妳怎麼會突然過來？」

「就……我打給倩雯時，她說妳在IG上發動態說出事了，我想說過來看看。」

楊雅晴說到這裡時，發現詹倩雯不知道什麼時候離開了。

「那妳怎麼知道是……阿華他……」

程雨冰一問，又讓她轉移了注意力。

「剛剛那一位有些宗教的力量……所以我們就……過來關心一下。」

程雨冰也知道她就是雞婆，但是她會親自過來，恐怕是真的有一些什麼。她心裡衡量了一下，扯著楊雅晴的衣袖。

「風紀，妳要救我！」程雨冰哀求地看著她。

楊雅晴是有些擔心，但她根本不知道該怎麼處理，「關於這個，林羽田才是專業的，我去找她一下。」

楊雅晴掙脫程雨冰抓著自己的手，走出病房去找人，最後在吸菸室找到林羽田。

吸菸區鄰近一個陽臺，裡面有幾個人在抽菸，楊雅晴找了一會兒才看到林羽田靠在陽臺邊，看著外面。

她在抽菸，霧氣繚繞中，她的表情放空，不再板著臉，而是看著外面想事情，還有著一抹淡漠跟滄桑。不過這種感覺很快就消失了，大概幾分鐘，林羽田就熄了菸站起來。

楊雅晴發現旁邊有一個男生在看林羽田，眼神中帶著痴迷，但林羽田沒有發現，反而在看到自己時，表情有一絲變化，但要說是什麼變化，楊雅晴又講不出來。

「那個小冰有說什麼嗎？」林羽田問。

「小冰想請妳幫她。」

「她不是這樣說的吧？」

林羽田看著她。兩人對視時，林羽田矮了一點，但她的氣勢完全壓過楊雅晴。

林羽田給人一種率直的感覺，沒有性別或其他雜事，就是專注在追查上。

「沒關係吧，總之妳可以問她事情。」楊雅晴笑說：「只要事情可以順利就好。」

林羽田深吸一口氣，「妳太溫和了。」

然後像發現自己說錯了話，快步走向三〇六病房。

楊雅晴看著她的背影，迷惑不解。

當她也回到病房時，林羽田站在程雨冰的病床前說，「跟我說妳是怎麼掉下去的。」

程雨冰看到楊雅晴也在場，才開始說：「那個時候，我在家裡聽音樂……」她開始有些緊張，將雙手交握在胸前。

林羽田看到她的動作，低聲說：「程小姐，妳如果不老實說，我也無法幫妳。」

程雨冰低下頭，過了一下才抬頭，可憐兮兮地看著她說：「我交了新男友。」

但是兩人都沒有太在意，林羽田只關心陳滿華是怎麼出現的，楊雅晴則是不在乎別人的感情狀態。

「那時候我跟男友在聊天，電話突然傳來雜訊，之後等我清醒時，我已經站在陽臺上了。我只來得及抓一下，才勉強掉到別人的遮雨棚上。」她舉起手給兩人看自己的傷口，「我還被外面的曬衣架勾傷了。」

林羽田繼續問：「那妳有看到陳滿華嗎？」

「在雜訊之前阿華有出現，問我為什麼，但那時候我以為是我男友的聲音。」程雨冰的神情像陷入了回憶裡：「後來我才想到，那可能是阿華的聲音，但是我們已經分手了！」

程雨冰說完嘟起嘴，對兩人展現她的不開心。這兩個人聽完她這麼可憐的遭遇卻沒有什麼同情，連說句安慰的話都沒有。

「妳是怎麼走到陽臺上的？」林羽田問。

「不知道，等我意識到的時候，我已經往下掉了，醫生說我是貧血頭暈才會掉下去。」

「除了陳滿華，妳沒有聽到其他人的聲音嗎？」林羽田看著自己的手機問。

「沒有啊！」程雨冰不懂，她驚恐地看著林羽田跟楊雅晴。

難道她應該要看到其他人嗎？

「那沒事了，回去找自己信的宗教收驚就好了。」林羽田起身說。

「就這樣？如果阿華再來找我怎麼辦！」程雨冰尖叫。

「妳是他前女友吧？如果沒有做什麼對不起他的事，妳有什麼好怕的？」林羽田問。

「就……」程雨冰欲言又止，握緊棉被鼓起勇氣說：「……是他先劈腿，我才跟著找現在的男友，可是他又來找我是怎樣！」

「那妳現在的男友是誰？」林羽田問。

「……我不能說。」

「嗯，那我也沒辦法。」林羽田點頭表示了解，轉身準備離開病房。

「喂！妳不是有什麼力量嗎？好歹拿個符咒給我吧！」程雨冰看到她要離開，驚慌地問。

林羽田已經走到門口了，轉身看著她，「我可以送妳一個……」

正當楊雅晴為林羽田終於有點社會化感到欣慰時，她淡淡地說了四個字，把程雨冰氣得脹紅了臉。

「自求多福。」

林羽田說完，就瀟灑離開了。

回去調查中心時，林羽田一路上很安靜，反而是楊雅晴勸她：「羽田，小冰都墜樓了，妳真的不該刺激她的。」

「我們是在調查惡咒，鬼魂跟人的愛恨情仇與我無關。」林羽田冷冷地說。

「可是……」

楊雅晴還想解釋，卻被林羽田打斷。

「雅晴，我們不是張老師，更不是救世英雄，她跟死者的事情是他們的命運，與我無關。」

「生死無關？」

「對。」

「那如果我死掉呢？」楊雅晴幽幽地問。

「……」林羽田安靜了一會兒，「我會盡力。」

她看著楊雅晴失落的表情，又補充：「但我不會因為妳摻進這件事就順便救其他人的，妳沒有這麼偉大，他們也不值得。」

楊雅晴看著林羽田，心裡很震驚。她不懂，林羽田跟她背後的機構似乎與陰界有所交流，但是為什麼林羽田會這樣見死不救？竟然連一個護身符都不願意給。

林羽田沒有解釋，這是因為她不喜歡楊雅晴對別人好，這幽微的心情她不想讓楊雅晴知道。

兩人就這樣冷漠地做著自己的事。

回到調查中心，兩人換下工作服，一路沉默地搭公車回到社區，說完再見後各自回家。

幾乎是剛到家，林羽田就接到了特林沙的電話。

『小田。』特林沙的聲音聽起來不太穩定。

「BOSS？」林羽田愣住。

『我收到愛妮莎的報告了，妳現在可以告訴我了嗎？為什麼妳這麼保護楊雅晴？』她的訊號雖然不穩，但是語氣聽起來還是很穩定，看來她是回天界「出差」了。

「楊雅晴不適合這個工作。」

『我倒是覺得她很適合，是妳不願意。我看得出來妳們之間有連結，但是妳知道，我不會反對辦公室戀情的。』

「不……才沒有！不是這樣……是……」

林羽田紅著臉想解釋，但特林沙馬上又說：『小田，每個人都有適應期，如果妳沒有把握，那我讓愛妮莎或多恩去帶她吧？』

「不要！」

林羽田馬上反對。她知道那兩個人都是實踐主義者，都會等人撞到頭破血流才會警告人，若是楊雅晴放在她們手上，還不如她自己帶著。

林羽田也知道特林沙是打定主意要楊雅晴留下了，只好承諾：「我會帶好她的。」

特林沙微笑，『嗯，那先這樣，我先回去忙了，掰。』

掛斷電話，林羽田思考著要怎麼去找楊雅晴。還是先洗澡清醒一下，再用通訊軟體好了。

不過她剛洗好澡，門鈴就響了。

她打開門口的監視器，是楊雅晴站在門口，『那個……羽田，我想問妳一些事，可以嗎？』

楊雅晴回去後想過了，確實是她太情緒化了，或許她應該跟林羽田好好談談。

而林羽田想，楊雅晴剛進入這種環境，會有許多疑問是應該的。她既然答應了BOSS，那就要說到做到，因此她點頭：「給我幾分鐘，自己進來吧。」她按下開門鈕。

楊雅晴回家後想了許多。

程雨冰是她的同學，但林羽田是與程雨冰完全無關的人，自己卻埋怨她冷淡。這是不對的，換成她是林羽田，如果今天要幫陌生人，她也會覺得不需要付出這麼多心力。

但是林羽田雖然嘴上說不管，但每次去醫院、勘查現場，她都會開車載自己去，這已經很好了。而且她想了想，她是來實習的，任務是跟著林羽田找出惡咒，或許只要把惡咒清除，這些事情也會解決吧？

她想清楚了這些事，才來按林羽田家的門鈴。

看到林羽田包著浴巾出現，她愣了一下，遲疑地問：「那個……羽田，我想問妳一些事情，可以嗎？」

林羽田點點頭打開了門，看樣子她先去換衣服了。但是她一轉身，楊雅晴還是嚇到了！因為她看到林羽田的背上，有許多疤痕如同蚯蚓爬在她的背上。

要多深的傷口才會結下這麼厚實的疤痕？楊雅晴有點震驚，但現在不適合問這些，先搞清楚程雨冰跟陳滿華的事情比較重要。

喀噠！門打開了。楊雅晴走進去關上門時，林羽田已經換上寬鬆的T恤、短褲，看著她。

楊雅晴提著保溫袋，「那個……我煮了一些海鮮粥，妳願意幫忙吃嗎？」

林羽田當然願意，她實在懶得出去買晚餐，現在有人送上門，她自然點頭。

world Criminal Investigation Bureau Underwor

吃著鮮香的海鮮粥，切成小塊的花枝配上白粥，裡頭有些魚片、青菜，熱騰騰地入口，馬上就撫平了飢餓。粥散發出淡淡的胡椒香氣，味道微鹹，既不會太重也不會太淡，剛好是三大碗的量。

林羽田吃光了所有粥，才發現楊雅晴也帶了一個碗，尷尬道，「那個……抱歉，我吃太多了，不然我們叫外送？」

「喔！沒關係啦，我是怕妳不敢吃太燙的東西，才會多帶一個碗。」楊雅晴解釋。

「謝謝，非常好吃。」

林羽田說完，把碗拿到廚房去洗，楊雅晴也跟到廚房。

「抱歉。」

兩人同時說出口，然後一愣。

「我先說吧。」林羽田一邊洗一邊開口：「我知道這樣很無情，可是那個女生——余曉妍是有恨意的，所以妳如果阻止反而會更糟，最好的方法是靜觀其變。」

「我知道，是我干涉太多了。」楊雅晴說，幫忙把保溫瓶收好，「那把小冰推下去的，真的是阿華嗎？」

「是。」

「他們不是情侶嗎？」

「男人對於感情就像對待獵物，程雨冰是他的獵物，自然不准她有任何背叛的行為。」林羽田一邊說一邊把碗擦乾。

她接著慢慢分析給楊雅晴聽：「根據側寫，陳滿華是一個很自負的人，花心而有企圖心，因為能掌握分寸，在待人處事時能收斂自己，所以他表面上看起來是領導，但不讓人討厭，但是在灰色的網路跟群體的關係中，他會強烈地想要當主導者。」

講到主導兩字，林羽田突然想到陳滿華死掉時，他身上的那團黑影。

「恐怕這件事情的確跟余曉妍有關。」

有九成可能是為了報復霸凌者，只是她還沒有實際證據，不太想講出來。

「余曉妍？說到她，除了殺了阿華，她後來去了哪裡？」楊雅晴問。

「她不見了，恐怕是有意識地使用咒術的能力，將自己隱蔽起來。」

「那她打算罷手了？」

「應該不會罷手，她只是在找時機繼續報復那些人。」

「羽田，真的沒辦法阻止余曉妍嗎？」

林羽田看著楊雅晴。她知道她問這些話是因為她很善良，希望所有人都好，可是這個世界並沒有這種事情。因此，林羽田慢慢地引導楊雅晴思考。

她問：「如果今天妳是余曉妍，被人欺負、霸凌還被拍了裸照，妳會選擇原諒那些人嗎？」

楊雅晴不禁愣住。她一直站小冰的立場為他們求情，可是今天換成自己被這樣對待，她能原諒那群人嗎？

當然不可能吧！尤其是她看過那些人是如何惡意玩弄余曉妍的。只是因為他們比較有力氣，之後就用裸照威脅，對余曉妍為所欲為。

想到這邊，她就覺得之前為程雨冰求情的自己很可惡——她居然在保護加害者！

「必要時，我們這些阻礙者也會成為她的攻擊對象。」林羽田幽幽地說。

「我真的不懂，他們為什麼要這樣？」

楊雅晴不解，這已經超過了言語摩擦的程度，為什麼要這樣對待自己的同學？

「因為好玩啊！」林羽田平靜地回答。

這句話很殘忍，但也非常真實。因為好玩、有能力，所以想要傷害別人；因為知道自己的背後有大人的寵溺，所以可以毫不猶豫地闖禍，甚至做出這麼過分的事也會有人替他收拾殘局。

這個世界上，有錢有權的人才有活下來的資本，窮人或弱者就只能被欺負。因為他們無力反擊，所以只能吞忍，簡單來說就是弱者活該？

這個社會就是這麼不公平。程雨冰這麼美麗，還有殷實的家庭。陳滿華跟張清華也是，而周一文雖然家境一般，但是他有體力，可以當團體的打手。水玉秀文靜內向卻依附著程雨冰，雖然被別人說是公主的婢女，但誰都要看在程雨冰的份上給她面子，詹倩雯也是幫程雨冰跑腿的。

這些人組成一個惡意的團體。這樣的團體每個班級都有，但這樣就可以恣意傷害人嗎？

楊雅晴想到自己看到的裸照，很是生氣。這已經超過惡作劇了！還有那些偷拍的影片，那麼明顯的惡意還能說是年少輕狂嗎？

林羽田看著楊雅晴變換表情，知道她現在被新的訊息影響了，正在消化。

「不用想這麼多，冥府自有一套衡量的標準。我們的工作，就是拿走惡咒的力量，至於這些人會有什麼下場，自然有命運決定。」

「命運？」

楊雅晴看著林羽田，林羽田解釋：「余曉妍應該是有領旨的，命運給了她報復的機會。」

「什麼是『領旨』？」楊雅晴問：「為什麼領了旨，我們就不能干涉余曉妍？」

「人死後會變成鬼魂。如果妳心有不甘，就可以去冥府提交抗議，就像妳發現違法後去法院按鈴申告。余曉妍有領旨，表示法官同意她的抗議，她可以在某些範圍內報復陳滿華，但是她現身並殺死陳滿華的舉動，其實已經超出範圍了。」林羽田盡力解釋。

余曉妍超出了報復的範圍，利用咒術的力量影響陳滿華的生死期限，就變成了一種非法。

「範圍的定義是什麼？」楊雅晴問。

「就是劫，妳應該聽過新聞，妳不覺得奇怪嗎？有時候明明不可能出問題的東西，例如遊樂園的安全桿明明是整排控制的，為什麼就是會有其中一個突然打開，造成事故？或是車禍，有些人的安全氣囊就是沒彈開。」

「真的有這種事情？」

楊雅晴覺得很奇怪，因為她發現自己原來只是個膚淺的旁觀者，嘆息著可憐、好慘，卻沒細想背後的因果。

「這樣說好了，妳是一個人，其實就是一個容器，裡面裝了一些福報、幸運，這些是註定的。同樣，有劫、災難也是註定的，如果妳多做好事，這些事情都會化作新的福報，當妳人生中有劫難，如果妳的福報夠，就能抵擋掉那些劫難，甚至可能會有貴人來幫妳。」林羽田說。

「那陳滿華？」

林羽田搖頭，「太早開葷，自己把福報用完了，當劫產生，自然躲不過。」

「人一定要有劫嗎？」楊雅晴問。

「大部分，除非真的是太幸運的人。而且劫是什麼，妳有想過嗎？」

「不懂。」楊雅晴搖頭，她們已經討論到玄學的概念了吧？

「其實劫也可以說是挫折或者失敗，人要經歷過失敗，才知道成功有多難得。」林羽田說。

「所以陳滿華原本可以多做好事，把這個劫擋掉嗎？」

「或許吧，但是妳有想過余曉妍為什麼可以領旨嗎？」

「她去地府請旨……」

說到這邊，楊雅晴突然想到：能去地府的人，不就是死人？

「所以余曉妍已經……死了？」她驚訝地說。

林羽田垂眸，「是啊。」

「查不到她是怎麼死的嗎？畢竟我們前幾天才見過面不是嗎？」楊雅晴問。

林羽田愣了一下，「妳說什麼？」

「我們不是去參加同學會嗎？」楊雅晴看到林羽田點頭後繼續說：「那時候余曉妍一直站在旁邊看他們玩，她不太愛說話，但我有跟她打招呼。」

「後來呢？」

「後來……我們進去時，他們就打破了碟子，然後店長衝出來。之後我們就在咖啡店解散，那時候我還看到陳子泉跟余曉妍走在一起。」

林羽田皺眉看著楊雅晴，肯定地說：「陳子泉離開的時候我有看到，但他身邊沒有人。」

楊雅晴突然感覺背後發涼。所以，她看到的余曉妍到底是人還是鬼？

楊雅晴想起那天，自己走進咖啡廳跟所有人打招呼後，她還感嘆余曉妍依然安靜，而且玩碟仙時，她明明就站在陳滿華旁邊，林羽田卻說沒有看到她！

「會不會是她太矮，所以妳沒有注意到？」楊雅晴問。

「不可能，那時候人都走得差不多了，除了玩碟仙的那六人，就只有我跟妳，還有一個壯壯的男生，好像叫周一文，其他座位都空了。」林羽田肯定地說。

聽到她這樣說，楊雅晴忍不住心想，所以在咖啡廳時，那個時候的余曉妍就是……

「那她是怎麼……死的？」楊雅晴問。

「愛妮莎查不到她轉學後的資料，余曉妍也沒有說自己會去讀哪裡，學校的紀錄只有她辦了離校手續，她的家人、聯絡電話、地址都找不到人，也沒有去戶政事務所變更，但無法聯絡。電話沒人接，鄰居也沒人記得這戶人家。」

像是有人刻意抹去了她存在的痕跡。

「那明天是不是要去她家看看？」

「對。」林羽田點頭。

話題到這邊戛然而止，但楊雅晴實在不敢自己睡了！她看著羽田，又不知道該怎麼開口。

林羽田反而先開口：「今天妳睡我家好了，我還有一點事情想問妳。」

楊雅晴點頭如搗蒜，但是過一會兒她又搖頭。

林羽田問：「怎麼了？」

「我不敢回去拿被子……」

他們大樓的管理員是極度節省的人，每過十一點一定會關掉走廊燈，現在外面這麼暗，她會害怕。

林羽田看著她害怕的模樣，就開口：「那一起睡我的床吧！反正現在是七月，滿熱的。」

她起身去拿備用的枕頭，留楊雅晴一個人坐在沙發上。

不知道為什麼，楊雅晴聽到林羽田這樣說，腦海中又浮現在咖啡廳旁的暗巷裡，林羽田挽著她的手說「就算是同性戀又怎樣」的景象。

她覺得臉上有點發燙。

等過了一會兒，內心的想法平靜下來後，她才走進林羽田的房間。

※

隔天早上，她們到了余曉妍高中註冊單上的地址。

楊雅晴看著破敗的房子和滿是灰塵的門口，隔壁還有惡犬低吼。

林羽田還是一副面無表情地走進去。她看著門口，按下堆滿灰塵的電鈴。

刺耳的電鈴聲響起，配合隔壁的狗叫聲，更讓人不舒服。

這時，隔壁一個婦人走出來看著她們，用一口台灣國語的腔調問：「妳們速誰？」

「請問余曉妍在嗎？」林羽田問。

「余家已經搬走了喔！」婦人說。

林羽田拿出證件，「我們是水果房屋，想看一下屋況，請問妳認識他們的房東嗎？」

「不知道啦！他們一家在幾年前說要出去玩，就沒有回來過了。」

「這樣啊……」

林羽田垂下眼，從包包裡拿出一份問卷。

「對了，小姐，我們這邊有份問卷，妳願意填一下嗎？有送一百元禮卷喔。」

聽到有禮卷，婦人點頭，「好啊！」她接過林羽田的問卷跟筆，寫了起來。

換了問卷，婦人也友善許多，把狗叫進屋裡就讓林羽田自己到處看看。

林羽田掏出相機，開始拍照。

「呃……妳不會告訴我，妳說的水果房屋也是真的存在的吧？」

「我們也有接凶宅網的案件。」林羽田一邊拍照一邊說。

楊雅晴放棄了，就算林羽田說認識某國總統她也不意外了。

她們無法進屋，看著林羽田這裡翻翻、那裡看看，楊雅晴問：「沒辦法進去，能調查出什麼嗎？」

林羽田點頭，「妳看這個信箱，最後塞進去的雜誌是三年前，這種雜誌一年訂一期，恐怕三年前這家人就已經消失了。」她抽出一份百科學報，接著打開鞋櫃，裡面的鞋子只有三個空位，沾滿了灰塵，「看來他們是一家三口。」

林羽田又問：「如果妳媽要把鑰匙給妳，妳覺得會放在哪裡？」

楊雅晴看了看說：「地毯下面吧！或者這種盆栽的……下面。」

她看著抬起來的盆栽，下面有沾滿灰塵的鑰匙。

「那是內門的鑰匙。外門的話，大概在這裡……」林羽田往一雙高跟鞋裡摸去，拿出了一把鑰匙。

「妳怎麼知道？」楊雅晴問。該不會她還有在兼職小偷之類的吧？

「那雙鞋明顯不常穿，沒有摺痕，但是鞋子有經常被移動的痕跡，說明那不是用來穿的。」

楊雅晴點頭，看著林羽田開了門，兩人就這樣走進去。

已經斷水斷電的屋子裡，周圍都有一層灰塵。現在是早上十一點，屋子裡卻暗到必須拿出手電筒照明。

所有的東西凌亂著，保持著被使用過的樣子，像是這個房子的主人只是出去一下，但事實上，房子的主人再也沒有回來過了。

林羽田上了樓梯，找到一間有粉色不織布，掛著請勿打擾的房間。

楊雅晴看著房間門，「她喜歡紅色嗎？」

她摀著臉，自從進來屋子裡，她就感覺很不舒服，或許是灰塵太多，讓她有些過敏。

林羽田卻拿出一個小護身符給楊雅晴，「拿著，貼著眼睛看。」

楊雅晴點頭。

那個護身符是一個很有民俗風的小包，類似日本的御守。

她貼在眼前看，不曉得是不是心理作用，她覺得不舒服的感覺消失了很多，也看清了房間的不織布是粉色的，或許是空氣中有灰塵，看起來才會是紅的吧。

她們進了余曉妍的房間，是個普通女生的房間，書架、床鋪、書桌，一些娃娃、相片被放在牆上跟窗邊。

林羽田卻皺眉說：「好奇怪……」

楊雅晴不懂哪裡奇怪，這就是一個女生的房間，很正常啊！

但以她對林羽田的瞭解，她會這樣說一定有她的理由。

「如果妳是一個被霸凌的女生，有可能這麼乾淨嗎？」林羽田問。

「對耶！」

楊雅晴想到或許可以用她的陰陽眼看到什麼，因此拿下護身符，卻發現整個房間馬上變了！整個房間瀰漫著黑霧，黑到她根本看不到眼前。她摸索著，想往煙霧的源頭走，卻被人抓住手，讓她嚇了一跳！

「是我。」林羽田說。

「我現在完全看不到，好黑，都是黑霧。」

黑霧？表示這個房間充滿了鬼氣嗎？

林羽田警覺起來，問楊雅晴：「那妳看得到哪邊最黑嗎？」

「這裡。」楊雅晴指著一個方向。

林羽田牽著她往前走，然後停下來，「這邊是衣櫃，妳把護身符貼在眼睛上，剩下的我來。」

當林羽田的手要碰到衣櫃時，楊雅晴大喊：「等一下！」

林羽田看著她，用眼神詢問發生什麼事？

「剛剛有人走過去！」

楊雅晴四處掃視，眼前雖然還是一片黑霧，但是她剛剛似乎看到了一個黑影走過去。

「誰！」林羽田不知道從哪裡拿出了那天的弓箭。

「我看一下——啊！」

楊雅晴剛要看向別處，突然有一隻手刺向她的眼睛，她憑長年練武的直覺閃了過去，但是手臂還是被那隻手劃傷了！

那隻手的指甲很利，劃過她的手臂後傳來一陣刺痛。楊雅晴皺起眉，戒備地看著黑霧，準備迎接下一招，但是那隻手的主人好像知道她的想法，躲在黑霧裡不出來。

「少管閒事！」一個蒼老的女性聲音說。

楊雅晴皺眉，她不知道林羽田有沒有聽到，但這句話說得太快了！她幾乎以為是自己幻聽。

林羽田則完全沒聽到，但她看到楊雅晴受傷後猛盯著一個方向看。她走過去，看著楊雅晴看的方向，發現是書桌的方位，她走近並打量了一下，然後拉開抽屜。

一拉開，所有的黑霧都灌向林羽田！

但黑霧都被黑色的弓箭吸收了。那個弓箭似乎有加持過，隨著黑霧散去，房間明亮許多。

林羽田看著抽屜，上面被畫滿了奇怪的符號跟咒語。她皺起眉，看來已經有人打掃過余曉妍的房間，並且埋下了陷阱。

如果沒有楊雅晴，恐怕他們在打開衣櫃、背對書桌時，就會被這個咒法裡的鬼魂傷害！

「這是什麼？」

楊雅晴靠過來，看到抽屜裡用紅色的顏料畫了一些文字，但肯定不是中文或者英文。

「咒。」

林羽田沒有解釋太多，把抽屜拉開至底部，並確定其它抽屜是空的才讓楊雅晴把護身符貼回眼睛上。

兩人打開衣櫃，探查裡面的情況。林羽田看到衣櫃裡只有三四套簡單的衣服，接著看了看掛著衣服的桿子，用雙手將衣服推開，在衣櫃底摸了摸，摸出一本日記。

她將日記翻了一遍，似乎看到了她想知道的事，便對楊雅晴說：「差不多了，我們該走了。」

兩人一起走下樓，卻發現那個隔壁的婦人正在跟一個警察講話。林羽田皺著眉將楊雅晴往自己的方向拉。

楊雅晴比較高，所以當她順著林羽田的力道靠過去時，居然不小心將林羽田壓到了牆邊。兩人的身體貼著，不過林羽田沒有反抗，只是側耳聽著外面的聲音。

楊雅晴可以聞到林羽田身上有一股淡淡的檀香，還有她的眼角有一顆痣，很小，如果不仔細看，會以為那是睫毛的一部分。

不知道為什麼，她突然有種感覺，覺得她以前見過這張臉。

這時，手上的護身符居然有些發熱。她按了按護身符，除了布包的質感，裡面似乎裝著紙和其他東西。又感覺到一股熟悉感，她正要仔細摸摸裡面的東西，林羽田卻握住了她的手。

趁著她愣神，林羽田拿走那個護身符，「這是我的。」然後閃身開門離開。

楊雅晴看著她緊張的樣子，以為林羽田是怕她開口索要，因此也沒再探究那個護身符。

在那之後，兩人順利坐上車離開，唯一的收穫是那本日記。

正當楊雅晴還在感嘆，恐怕余曉妍的這條線索要斷了時，她的手機忽然收到了訊息。是程雨冰傳來的簡訊。

『十一點，在體育館集合，要請碟仙。』

楊雅晴愣住，「羽田。」

林羽田一邊開車一邊問：「怎麼了？」

「小冰他們要再請一次碟仙。」

林羽田握緊方向盤抿著唇，一直到調查中心才開口：「他們是嫌玩一次不夠是嗎？」

這麼缺乏求生欲，這是那群人的特色嗎？

※

上次在醫院見面後，楊雅晴在社群軟體上看到了一張照片。

詹倩雯居然趁大家安撫程雨冰的空檔拍下了照片，傳上社群，還標記楊雅晴並寫道：『**冰公主也有今天。**』

照片上是程雨冰憔悴的模樣，那天她們站在病床邊，畫面看起來非常冷血。

楊雅晴想讓詹倩雯刪掉圖片，傳了私訊：『**小雯，把那張照片刪掉吧！**』

詹倩雯回道：『**我想做個紀錄嘛！而且難得可以看到我們的冰公主這麼狼狽。**』

詹倩雯在電腦的另一頭笑著，她把圖片發到自己的動態上，想到程雨冰那憔悴的模樣就感到開心。她在班上沒有什麼才能，只能依靠程雨冰那種公主才能免於被欺負的命運，但那不代表她喜歡程雨冰，除了長得漂亮，程雨冰根本就沒有什麼優點，但偏偏大家就吃這套，她只好也站在程雨冰這一邊。

想想，他們六個人中，周一文暴力、陳滿華心機。因為其實都是陳滿華在出主意欺負人，周一文還會說一些很噁心的笑話，讓人反胃，不過這兩個人都喜歡程雨冰。

而水玉秀說她是好姊妹，其實也只是個性綿軟，好利用罷了。此外，張清華也暗戀程雨冰，水玉秀則暗戀張清華。至於她自己，則是需要找一個團體棲身，所以才跟這群人在一起。

好不容易大家畢業了，到了大學可以從新來過，她也把握機會努力搞好自己的小團體，但是因為一場同學會，又勾起了她不好的回憶。

手機響起提示音，她接起來一看，居然是程雨冰的訊息。

『**十一點，在微星高中的體育館集合，要請碟仙。PS.照片在我這裡。**』

微星高中的體育館並不屬於學校，而是張清華爸爸開的，所以他們才把地點訂在那邊，但是讓詹倩雯皺起眉的是最後那句話。

她好不容易高中畢業三年了，這群人為什麼現在又突然出現！

她真的覺得很煩，對她而言陳滿華死了是剛好，她甚至希望程雨冰也死一死算了。

但因為程雨冰的照片威脅，她還是去了。

千不該萬不該，她就是不該相信程雨冰說的什麼扮鬼臉比賽，結果大家拍了一推醜照，害程雨冰有機會威脅自己。畢竟上大學後有了新的小團體，形象還是非常重要的。

到了體育館，她看了在場的所有人，除了周一文、程雨冰、張清華，現場還有陳子泉、楊雅晴，倒是沒有跟在楊雅晴旁邊的馬尾女，加上自己共六個人。

幾人跟著張清華走。他爸爸還在旁邊經營一個漆彈場，而這間體育館大得可以打室內羽球，因此會租給國小上公訓課。

他們來到體育館的辦公室。裡面放了一個大圓桌，還有許多疊起的椅子。圓桌旁已經擺好六張椅子及一些蠟燭，陳子泉一個人在布置著。

大家打了招呼之後，幾個人都有些尷尬，畢竟大家都收到了陳滿華的死訊。

「我們要再請一次碟仙。」程雨冰開口。

她看著詹倩雯的眼神中帶著威脅。上次在醫院拍照的事，她之後會好好跟詹倩雯算的。

感覺到程雨冰的視線，詹倩雯趕緊轉移砲火，「秀秀呢？」

平常水玉秀是最聽程雨冰話的人，她們還是同一間大學呢！

張清華握著手機皺眉，「一直聯絡不上她。」

「不用管那個膽小鬼。」程雨冰說完，噘起嘴看著手機。

詹倩雯知道，那是公主生氣的習慣，表示事情結束之後，水玉秀的某些祕密恐怕會被公主公布出來。

詹倩雯看到程雨冰手上還纏著紗布，墜樓的傷都還沒完全好，卻完全沒有害怕的樣子。

「真的要再請一次嗎？」張清華遲疑地問。

「不然呢？你們應該都有夢到吧！」程雨冰說。

說到這裡，張清華低下頭、詹倩雯皺起眉，其他人都安靜下來，只有楊雅晴不知所以。

原來自從陳滿華死後，他們都有夢到陳滿華，而且每個人或多或少都有出事過。

「可是，那真的是阿華嗎？」張清華問。

他的個性本來就比較謹慎猶豫，雖然常跟陳滿華開玩笑，但沒有陳滿華領頭，他就變得畏縮，常常被周一文說是娘娘腔。

他對靈異這種事情一直都沒興趣，可是再請一次碟仙，難道不會變得更嚴重嗎？

而周一文挑眉，「不然呢？你們要讓夢裡的事變成現實嗎？」

所有人都不語。

「而且楊雅晴也會幫我們。」程雨冰說。

楊雅晴抗議：「我沒有這樣說好嗎？」

周一文一拍桌子，問：「不然妳為什麼在這裡，看我們笑話？」

他的身材非常魁武，加上體育成績很好，因此氣勢就像熊一樣，班上少有人敢違抗他。陳滿華的死亡影響到了他，好兄弟的離開讓他原本就衝動的個性更加易怒。

楊雅晴著急起來。明明是程雨冰叫自己過來的！她也不能說出自己在調查余曉妍的事……當她正在想該怎麼辦時，程雨冰開口了。

「阿文，風紀不是這樣的人，她不會看我們笑話的。對不對，風紀？」

程雨冰說得溫和，話裡的意思卻是要楊雅晴自己承認會幫他們。

楊雅晴皺眉，打算起身離開，詹倩雯卻拉住她，「雅晴……」

她的手腕傳來輕響。

詹倩雯的手上戴著一條手鍊，上面有個水晶雕成的吊飾隨著她的動作晃動。

楊雅晴看著那個飾品，遲疑起來。

這時，陳子泉已經布置好了。他點上蠟燭後，點頭對程雨冰示意。

「既然風紀同意了，那就開始吧。」程雨冰說。

陳子泉站在最裡面，所有人圍著一張圓桌，在四個角落點上蠟燭。這次的布置比上次嚴謹得多，所有人都伸出手按在碟子上，只剩下楊雅晴一個人站在門口。

最後在周一文的狠瞪下，她還是走到位置上，跟大家一起把手放到碟子上。

「碟仙、碟仙請出來。」

所有人一起唸出召喚的咒語。

碟子不動，整個空間安靜到能聽到知了的叫聲，偶爾有風吹進他們所在的房間，穿過擺放在一旁的椅子，發出奇怪的聲音。

不知道為什麼，楊雅晴有種不安的感覺。那些聲音像鬼魂在低聲泣訴，讓她非常不舒服，正當她想開口說請不到就要離開時，程雨冰忽然開口。

「不然這樣，大家說說看自己夢到什麼吧！」她看著所有人說。

程雨冰很少有這麼強硬的要求，因此幾人不安地對看了一會兒，還是周一文先開口：「我先說吧。」

他看著自己放在碟子上的手指，說：「我夢到阿華坐在我旁邊，然後我就出了車禍。我夢到一個星期了，真的有點受不了了。」

說完，其他幾人也紛紛投以「我也是」的眼光。

「我是夢到阿華來找我，說要再把我推下樓。」程雨冰說。

「我倒是人在醫院，然後阿華叫我，等我回過神時，我就在停屍間，然後我就嚇醒了。」陳子泉說。

詹倩雯看大家都說了，也開口：「我夢到阿華叫我看浴缸的東西，然後我就被按在水裡……」想到那種窒息感，她痛苦地用左手抓著身旁的楊雅晴，「雅晴，妳會救我們的對不對？」

楊雅晴為難地看著他們，「我……也不知道，不如我們去拜拜？」

張清華卻打斷她：「現在是鬼月，根本沒有廟有開！」

說完，他突然單手解開自己的襯衫，只見張清華的胸口有一大片紅紅紫紫的痕跡。

「妳以為我沒去過嗎？我剛走到廟門口，就不舒服到休克被救護車送走，陳滿華根本就沒有要放過我們的意思！」

看到大家都在看他，他才冷靜一點，又說：

「我的夢比較長，我夢到自己在一條走廊上，前面有一條路。我沿著路走，一路上都沒有人，我想去開電燈，正當我要踏出去前，我聽到我媽在喊我。」張清華驚恐地看著所有人，「如果不是我媽喊我，再往前一步，我就跌到我家的泳池裡了！我去看過醫生，也請過大師，但還是每個晚上都夢到這個夢！每天我都會起來夢遊，甚至綁住自己都沒用，醫生說我是壓力大，可是我知道這不是！是陳滿華要我死！要我們全部的人死！」

「你胡說！為什麼阿華要我們死？」程雨冰尖叫地打斷他。

「不然呢？我們請了碟仙卻沒請回去，隔天陳滿華就出事了，難道不是嗎？」張清華也崩潰了。

「好了！那既然大家都有夢到，那就乾脆再請一次，把這件事情談清楚吧？」陳子泉說。

這時，周一文卻發現碟仙的紙盒裡有什麼。他單手拿起來一看，喊其他人：「咦？等等，這邊還有一張紙。」他攤開紙給所有人看，「還有說明書耶！」

他照著紙上的字念：「如果有思念的人，要念『招魂人名，魂歸來，越彼岸，招來碟仙』。」

他一講完，應景地吹來一陣風，蠟燭被風吹得閃了一下。

幾個人安靜了一會兒，平撫了心情才重新將手指放上去，眾人齊聲念：

「陳滿華，魂歸來，越彼岸，招來碟仙。」

幾個人又喊了幾次，還是紋絲不動。

「放棄吧……」

楊雅晴還沒說完，碟子卻動了，像是有人移動了碟子。

「誰動的？」周一文大叫！

幾人互看卻都沒有人承認，程雨冰低叱：「坐下，難道你想逃跑？」

周一文悻悻然坐下，「當然沒有。」

「是真是假，問就知道了。」張清華說。

「要問什麼？」詹倩雯問。

「不然先問簡單的。」程雨冰提議。

張清華想了想，問：「碟仙，在場有幾個人？」

碟子緩緩移到，七。

所有人你看我、我看你，大家都不知道為什麼答案會是七。

現在的位置由左至右是詹倩雯、周一文、程雨冰、張清華、陳子泉、楊雅晴，共六個人，如果答案是七，難道他們當中，多了一個看不到的人？

詹倩雯不安地問：「碟仙，我們再問一次，在場有呼吸的人有幾個？」

碟子又開始轉，像是不明所以，慢慢轉圈。

楊雅晴皺起眉，她覺得整個空間很不對勁，那種感覺讓她很不安。

她抬頭看著所有人，所有人似乎在這一週都受到極大的壓力，每個人都帶著黑眼圈，但是眼神卻狂熱地看著碟子，像是期待，但他們期待的東西卻很可怕。

過一會兒，她才反應到——整個空間太安靜了，不知道什麼時候外面的知了不叫了，房間裡的氣息凝滯，時不時吹進來的風也停了。

大家似乎都進入一種奇怪的狀態，連最毛躁的周一文也沒有說話。

當碟子停在五，楊雅晴也回過神，她看著眼前的碟子，確定它不動了，真的停在五的位置。

現場有六個人，如果有呼吸的活人只有五個，那第六個人還活著嗎？

誰又是那第六個人？

此時所有人都互相懷疑，大家試圖找出到底誰才是那個多出來的人。

突然，有人大喊：「哇！」

所有人都嚇了一跳，只有周一文大笑，「哈哈哈！你們真的相信這種東西啊？」

程雨冰臉色難看，詹倩雯則是臉色慘白，而張清華一臉虛弱，楊雅晴也繃著臉，只有陳子泉低著頭。

周一文發現沒人附和他，臉色一沉，直接將手抽回來，「我不玩了。」

他轉身準備離開，程雨冰氣急敗壞地喊他，手卻不敢放開。

周一文拿起手機就走了。

「隨他去吧，請碟仙不可以中途離開。」陳子泉拿著周一文丟下的紙條說。

張清華也開口：「不用管他啦！小冰，妳不是有事要問嗎？」

程雨冰只好轉回來，對碟子開口：「碟仙，我們最近夢到的，是警告嗎？」

碟子移到，否。

「那是不是有人要找我們索命？」詹倩雯問。

碟子移到，是。

「碟仙，請問你是阿華……陳滿華嗎？」程雨冰問。

碟子沒有動。

「答案應該是。那碟仙，我們要怎麼做才能躲過這一劫？」張清華問。

碟子移到，走。

「是要我們搬家嗎？」詹倩雯問。

碟子沒有動。

這時，已經想不出什麼可以問碟仙了，程雨冰突然問：「碟仙，你為什麼要找我們？」

碟子緩緩移到，冤。

「我們沒有做什麼對不起你的事情啊！」張清華大喊。

碟子沒有動，但是手指放在碟子的眾人可以感覺到碟子在震動，像是在遲疑。

「碟仙，要怎麼做你才會放過我們？」詹倩雯問。

碟子移到，死。

所有人都安靜下來。

這時，程雨冰突然問：「碟仙，請問你現在在哪裡？」

碟子移到了一個字，櫃。

大家愣住，程雨冰問：「櫃子？」

是什麼櫃子？又是哪裡的櫃子？誰的櫃子？

突然，他們身後發出一聲「砰！」的聲音，像是有人拿拳頭打了後面的鐵櫃。

大家徹底被這次的碟仙嚇到了，詹倩雯受不了地說：「把祂請回去吧！」

其他人也不想待在這個空間了，因此一起開口：「碟仙、碟仙，請歸位。」

這一次，碟子乖乖地回到本位，當所有人抽回手指時，大家都鬆了一口氣。

楊雅晴發現自己流了很多虛汗。

「我去把碟子處理掉吧。」陳子泉說，將碟子包起來拿出去。

整間辦公室只剩下張清華、詹倩雯、程雨冰、楊雅晴幾人，他們不約而同地看著那個櫃子，那似乎就是碟仙的藏身之處。

此時他們的內心十分掙扎，他們應該打開櫃子，還是不開？

兩種選擇都讓人害怕，不過夏日的熱風重新吹進這個空間，讓楊雅晴稍微放下了心。

但隨著風吹過，一聲難聽又尖銳的齒軸磨動聲傳來，嘰——

櫃子的門被風吹開了，所有人愣在原地，不知道該怎麼辦。

程雨冰先回過神，她生氣地問：「是誰做的？」

所有人都不明所以地看著她。

「是不是你們要整我？」她問。

但所有人的表情都充滿疑問，沒有人知道發生什麼事情，程雨冰的問題也無人可解。

這讓程雨冰崩潰了，一下哭了出來，「大家都是同學，為什麼要針對我！都是你們的錯，辦什麼同學會！」

楊雅晴皺起眉，這也扯太遠了吧？

「明明高中時，我對你們這麼好……」程雨冰抽噎地說。

突然，櫃門砰地一聲關上！像是有人在抗議。

程雨冰也安靜下來不說話，看著櫃子害怕得發抖。

這時，陳子泉一臉茫然地進來，「怎麼了？我去燒個紙錢，你們就吵架了？」

「櫃子突然自己打開……感覺像『祂』要我們看櫃子。」楊雅晴說。

「櫃子？」陳子泉看向張清華，問：「這不是你爸的房子嗎？櫃子裡有什麼你知道嗎？」

張清華看著櫃子，用極低的聲音說話，像害怕吵醒櫃子裡的妖魔，「這一間很久沒有人來租用了……」他突然想到了什麼，走到櫃子前說：「如果有人動手腳，那灰塵上一定有痕跡。」

他打開櫃子，所有人的神經都緊繃起來，緊盯著櫃子，深怕會有什麼東西撲出來。

幸好！裡面沒有任何東西。

大家鬆了一口氣，紛紛圍過去看，這是比人還高的鐵櫃，可以塞進一個人，裡面都是灰塵跟蜘蛛網。

這時，楊雅晴看到一份類似遊樂園的地圖簡介，上面也滿是灰塵。

「咦！這是什麼？」張清華拿起那份簡介，揚起一些灰塵，「好舊喔！我看看……已經是三四年前的東西了。」

他把簡介放到桌上。

那是一份自駕旅遊的地圖，從這個漆彈場開始，往大學、公園、樂園、咖啡廳，共五個地點。上面有五個Q版人物，人物身上的名牌分別是小泉、小冰、小文、小倩、小華。

三年前，也就是他們高中剛畢業的時候，這上面為什麼會有這幾個人物？像是……知道他們會來一樣！

他們面面相覷，這是不是碟仙的暗示？

「這該不會是……」張清華欲言又止。

「是碟仙要我們去的地方嗎？」詹倩雯指著那個地圖說。

第六章 私下

這場碟仙的召喚在沉默中解散了。

周一文回來載程雨冰去捷運搭車，陳子泉跟張清華約好一起走，楊雅晴則是送詹倩雯去搭末班公車。等車的時候，詹倩雯看著她低聲說：「雅晴……」

楊雅晴看著詹倩雯伸出手，那隻戴著吊飾的手拉著她，「妳會保護我嗎？」

詹倩雯的眼神說不出的可憐，或許只要是人，都會保護同伴吧！

楊雅晴剛想點頭，詹倩雯又說：「就算我們只是朋友，妳也會保護我的，對嗎？」

兩人陷入一片沉默，直到公車開過來。車門打開時，詹倩雯還是拉著楊雅晴的手，一副她不同意就不罷休的樣子。

公車司機正瞪著她們，楊雅晴只好軟弱地說：「我會盡力。」

詹倩雯卻微笑說：「我們說好了！」

她走上車，車門關上。

看公車送走了詹倩雯，楊雅晴才覺得鬆了一口氣。

她慢慢回想剛才的事。剛才因為碟仙受到的驚嚇似乎還沒緩過來，接著詹倩雯的要求又讓她很為難，也有種淒涼的安慰。

她告訴自己：倩雯需要我，這樣就夠了吧？

但是心底又有另一個聲音說：她只是把妳當成工具人罷了。

自從看過程雨冰的IG，楊雅晴發現自己開始害怕人了。每一次他們對話，她都覺得有其他含意。但她沒有別的辦法改變，只能嘆了一口氣，勸自己別想太多。

「別想太多。」

林羽田的聲音突然從身後響起，楊雅晴的心跳了一下，她轉過頭，見到林羽田穿著套裝，正在抽菸。

火光下，她的臉被光照亮，表情柔和。她放下頭髮後，整個臉更小了，在煙霧中看起來既成熟又滄桑朦朧的感覺。

楊雅晴走過去把她的菸拿走，「這裡禁菸。」

「還我！」

林羽田跳起來想搶，兩人在公車站打鬧了一會兒，搶到菸都熄了，因此林羽田根本沒抽到。把菸丟進垃圾桶後，楊雅晴問：「妳怎麼會在這裡？」她不是說不管小冰的事了嗎？

「來接妳，順便問問你們碟仙的結果怎麼樣。」

「碟仙？」楊雅晴苦笑，「祂似乎要我們去某個地方的樣子。」

等兩人上了車，林羽田才問：「妳講詳細一點。」

林羽田的車發動後，楊雅晴看到陳子泉站在門口，過一會兒，體育館辦公室的燈暗了下來，看來他們要離開了。

楊雅晴確定他們都熄燈了，這才放心地讓林羽田開車，離開體育館。

這時，張清華就站在窗邊看著門口，看似在送別，但當電燈暗下來時，他旁邊有個身影。影子明顯穿著百褶裙，是誰都不會認錯的女性特徵。

直到電燈全部暗下來，兩人的身影才徹底融入黑暗中。

當體育館關上燈，附近的狗都瘋狂吹起狗螺，整間體育館都散發出陰森的氣息。

※

原本所有人都打算把這件事情束之高閣，但是張清華在當天晚上發瘋似的打電話給每個人，要求所有人在隔天一早一起去簡介上的地點。

距離鬼門關還有一個月的時間，等到那時才能去廟裡求助，但眾人實在架不住張清華這樣騷擾，都同意一早在車站集合，到時候找人開車，再一起去簡介上的第一個地點。

詹倩雯最早到，她站在原地焦急地等著，而楊雅晴跟林羽田從不遠處走過來，此時距離集合還有五分鐘。

「雅晴，妳為什麼帶她來？」詹倩雯不高興地看著林羽田。

但楊雅晴沒有如往常一般討好，反而是林羽田開口：「不能跟嗎？」

「這是我們的事情，為什麼要讓妳知道？」詹倩雯說。

「說到這個，我一直很好奇，為什麼明明是靈異事件，你們卻不找宮廟幫忙？」林羽田說。

「我們……有找雅晴幫忙啊！」詹倩雯說，但是她的眼神遊移，像還有什麼事情沒有說。

林羽田還想追問，但是陳子泉跟周一文也趕了過來。

「嗨！我用跑的過來，好喘。」陳子泉說。

周一文則臭著臉過來，但是看到林羽田時卻有點變了，「妳是？」

同學會那天周一文一直在滑手機，後來又因為碟仙的事讓他無法分神注意其他事，所以都沒有注意到林羽田。

楊雅晴跳出來解釋：「這是林羽田，當時是我們班的轉學生，現在則是我的同事，因為我會害怕，所以請她來陪我。」

「大家好。」林羽田有禮地打招呼。

兩個男生看到美女，心情也稍微緩和一點，幾人站在路邊等著，但是集合時間到了，程雨冰卻沒有來。

「小冰呢？」周一文問。

「沒有接電話。」詹倩雯回答。水玉秀已經聯絡不上了，難道連程雨冰也失蹤了？

「不如去她的住處看看，有人知道她的住處嗎？」楊雅晴問。

正當他們疑惑時，突然聽到「砰」一聲巨響，在遠處的轉角有人高喊：「跳樓了！」

大家互相對看，是否要過去看看？

幾個人湊過去看時，楊雅晴突然發現除了程雨冰，好像還少了一個人……

剛想到這裡，大家的手機突然都傳來訊息聲，所有人都拿出手機。

訊息只有一張圖片，是一個碟子指著一個字——死。

所有人的臉色都變了。那時候，他們根本沒有人拿手機拍照啊！

最後他們還沒出發，就被請到警局了，因為跳樓的人不是他們以為的程雨冰，而是張清華。

在員警來之前，林羽田先去看了屍體。楊雅晴看著林羽田動手翻看，還是不太能接受昨天才跟她一起請過碟仙的活人，現在卻這樣躺在地上。

趁著上廁所時，林羽田將楊雅晴拉到一旁說話。

「我剛剛簡單看過屍體，張清華大概兩天前就死了。」林羽田說。

「兩天！」

楊雅晴驚訝至極！那昨天跟他們玩碟仙的是誰？她有些逃避地問：「會不會是搞錯了……」

多恩突然從廁所走出來，「沒有搞錯喔！正常人跳樓哪有不流血的，可是現場的血液呈現黑褐色，那是死亡兩日的證明。」

「妳怎麼會在這裡？」

楊雅晴不解怎麼走到哪裡多恩都會出現，她跟蹤我們嗎？

「小姐，妳們好了嗎？」

女警探頭進來問，楊雅晴尷尬地笑了笑，「抱歉，我剛剛發現我月經來了。」

她隨口說了一個藉口拖延。

這時多恩洗洗手，看著林羽田，「BOSS派我來支援，順便看一下進度。」

林羽田搖頭，「還沒。」

world Criminal Investigation Bureau Underwor

多恩也點頭，「OK，親愛的，那我就回中心等妳啦。」

將女警跟多恩打發走，楊雅晴才又低聲問：「那昨天我們……是在跟誰玩碟仙？」

——等等！所以昨天詹倩雯問他們有幾個活人時，答案應該是六，碟子卻移動到五？因為那個時候的張清華已經不是活著的人了！

楊雅晴突然感到背後像被冰過一樣發涼，「羽田，昨天我們有問一個問題……」

林羽田回以疑惑的表情，楊雅晴繼續說：「昨天我們問碟仙現場有幾個人，碟仙回答七個。」

林羽田看著她沉思。

根據楊雅晴給的名單，應該只有六個人才對，但是她的表情顯示事情並不只是多一個人這麼簡單。

楊雅晴續道：「多一個人，我以為碟仙只是把自己算進去了，可是……」

她看著林羽田的眼神中帶著恐懼。

「後來小冰又問了一次，她問有呼吸的人有幾個，碟仙回答五。」

楊雅晴想到那時候遲滯的氣氛就非常害怕。

「五個活人，而張清華那時候已經是死人了？」林羽田大膽推測：「所以你們跟一具屍體玩碟仙。」

這句話讓楊雅晴的臉色慘白，看著淡定的林羽田問：「妳不害怕嗎？」

「碟仙也有可能說謊。」看到楊雅晴害怕的樣子，林羽田安慰：「怕就記得帶著護身符。」

花了一上午的時間，員警就放人了，畢竟他們雖然是同學，但也是相約出遊後才發現張清華跳樓的。幾個人在同時段都有跟家人的對話、打卡紀錄，電腦也顯示出他們的不在場證明，因此警方只是簡單地盤問一下、做個筆錄就放人了。

楊雅晴嚴重懷疑林羽田有動用特林沙的關係，不過那不是重點。

因為張清華出事，逼迫眾人去簡介上地點的推力也就消失了。

「那我們還要去嗎？」楊雅晴無力地問。

原以為大家會果斷地答應解散，可是眾人卻面面相覷，各自沉默下來。

他們的想法其實都相同：催大家來的人明明是張清華，他卻在約定的時間跳樓，是不是有什麼意思？而且程雨冰失聯了，這非常不尋常，平常手機不離身的人怎麼可能會不接電話呢？

連昨晚說不相信碟仙的周一文也不發一語。畢竟兩個朋友在短期內相繼過世，又有兩個人無端失聯，就算他再嘴硬說不相信也得信。

楊雅晴看向林羽田，用眼神詢問她的意見，林羽田卻點點頭，表示他們得去看看，這樣才能找到這次的惡咒。

最後，眾人討論決定由陳子泉租車，一起開往簡介上第一個地點。

開車來到第一個地點，大學。這裡佔地約有一公畝，他們要從哪裡開始？

楊雅晴翻看著簡介，「上面應該會有線索……」

簡介上寫著：技術支援，周老師。

抱著一試的心態，她們找到了周老師，是一位有點年紀的女性，她看著這份簡介回憶說：

「是，當初是我接待節目採訪的。」

「是什麼樣的節目？」林羽田問。

「關於靈異的。」

林羽田又問：「是發生了什麼事故嗎？」

「只是學生壓力大自殘，但沒有死亡啦。」周老師無奈地說：「節目就是喜歡聳動的標題。」

周老師又看著她們，「對了，同學，我好像沒有看過妳們？」

「我們是三年級的，最近在實習，比較少看到老師。」林羽田笑著說謊。

周老師聽到這個理由才點頭放行，讓她們離開校園。一行人就這樣往下一個景點去，但還是沒有聽到與這個簡介相關的消息。

陳子泉坐在車裡問：「有問到什麼嗎？」

「沒有。」林羽田一邊說一邊上車，她困擾地說：「大家都說沒聽過。」

陳子泉看著遠處的大學，「是嗎？」接著他又看向不遠處的麥當勞，「倩雯他們去買午餐了，妳要去嗎？」他也託倩雯替他帶了一份。

楊雅晴跟詹倩雯他們去買午餐時，林羽田買了一份地圖就先回車上。

隨著碟仙的指示，他們已經跑了大學、公園，現在要往遊樂園去。

林羽田坐在車裡看著陳子泉的側面，忽然發現這個人的行為很古怪，他一直很關心所有人，卻不關心那些神鬼的事情，好像他只是一個觀察者。

「美女，妳這樣一直看我，我會害羞耶！」陳子泉笑說。

林羽田看著他問：「你不會怕嗎？」
「怕什麼？」陳子泉問，但臉上沒有緊繃的樣子。
林羽田肯定地說：「怕碟仙。」
陳子泉一愣，「啊？」
他沒有害怕的樣子，甚至沒看向林羽田，只是安撫她說：「妳也太大驚小怪了吧！」
「我就是因為害怕，昨天才沒有跟的。」林羽田故意試探性地說。
「沒跟到或許是好事吧。」陳子泉順著她的話說。
但林羽田轉而跟他閒聊起來：「對了，你跟雅晴很好嗎？我剛轉來兩天就轉走了，可是她認識好多人。」
「可能是因為她是風紀吧！雅晴是很負責的人。」陳子泉笑說。
「所以你跟雅晴很熟？」
「還好。」
「那跟余曉妍呢？熟嗎？」
陳子泉推了推眼鏡，「也還好，她很安靜，可能要問倩雯比較了解。」
「可是你們不是同班三年嗎？」
「她高三上學期就轉學了。」陳子泉淡淡地說，似乎還有什麼未盡之語，但他沒再說下去。
林羽田繼續故意問，「聽小冰說，她好像也有去念大學。」
「是嗎？聽錯了吧？」

陳子泉看著窗外，楊雅晴和詹倩雯幾人正提著速食走過來。

林羽田靠在窗戶邊，也看著窗外問：「你有沒有想過畢業十年後，高中同學會是什麼模樣？」

陳子泉卻沒有回答她的問題，只是透過後視鏡看了林羽田一會兒，幽幽地說：

「有些人，沒有十年後。」

陽光曬在他的眼鏡上，讓他的表情晦暗不明。

林羽田還想問一些問題，但是其他人已經上車了，車內馬上就為了分食物而吵鬧起來，詹倩雯更是一上車就吵著要把冷氣轉強。

林羽田沒有說什麼，只是在地圖上比劃著，沿著他們前往的順序把地點標出來。

楊雅晴湊過去，看到林羽田畫的圖愣住，一個不祥的預感在心裡湧現。

「那個碟仙，該不會騙我們吧？」

她看著地圖上的路線，發現他們好像繞了整個地區一圈耶！

林羽田拿走她手上的麥香魚，「謝啦。」

楊雅晴在心裡打個勾，林羽田喜歡吃麥當勞的麥香魚。

林羽田轉頭看著手上的地圖，又道：「這恐怕不是欺騙。」

楊雅晴看著她，以她對林羽田的理解，她一定還有下文。

果然，林羽田續道：「是拐，她要帶我們繞圈。」

楊雅晴低聲問：「為什麼？」

「拖延。」她滑著手機，靠在楊雅晴耳邊問，「碟仙要完成某件事情需要時間，而且我想查一下余曉妍，妳知道她轉學之後去哪裡了嗎？」

「不知道，轉學前，曉妍沒有說打算上哪間學校。」

說到轉學，楊雅晴倒是有些好奇地問：「妳呢？轉學後去哪裡了啊？」

「我讀到高中畢業，去國外讀了大學。」林羽田說。

滿普通的……等等！楊雅晴突然想到兩人大概同年！這樣說來，林羽田也在實習嗎？

「所以妳現在是放暑假？」楊雅晴試探性地問。

「我已經畢業了。」

楊雅晴看著她，「國外可以跳級念？」

「對。」林羽田點頭。她還要空出時間執行家中的訓練，所以得盡快讀完大學。

楊雅晴還在消化這個消息時，換林羽田問楊雅晴：「詹倩雯是妳的誰？」接著眼神有些閃爍地又補了一句：「妳滿在乎她的。」

楊雅晴一愣，有些不好意思，「倩雯她現在比較嬌氣，但之前我們一起讀過幼稚園，那時候，她很維護我，我就漸漸喜歡她了。」

她轉頭看到林羽田抿了抿唇，以往都不在乎任何事情的她竟然繼續問：「幼稚園的事情妳都記得？」

「其實記得不多，但是我記得她送我一個串珠吊飾。」

她拿出一個護身符，裡面有一小串透明水晶珠串成的手鍊，串珠的釣魚線已經泛黃了。

「原本上面有一個吊飾。」

林羽田看著這個手鍊，臉色似乎有些悶地繼續問：「後來呢？那個吊飾呢？」

楊雅晴完全沒注意到林羽田的臉色有異，她回憶著童年的往事：

「小時候我很怕雷，所以有一天打雷時，我抓著手鍊亂跑，可能就在那時候掉了。我還記得那時候自己好像受到了很大的驚嚇，隔了一週才回去上課。倩雯很氣我把吊飾弄到地上，害我內疚了好久。」

林羽田卻只在意細節，她看著楊雅晴問：「所以妳生病了一週？」

楊雅晴點頭笑道，「對，好像在那之後我就改名了，從雅靜改成雅晴。」

「那妳為什麼會把那串吊飾收起來？」

由於林羽田不是喜歡八卦的人，這樣追問讓楊雅晴有些疑惑，但是她還是實話實說：「我媽覺得那個吊飾有問題，就想要把它丟掉，是我一直求她才讓我留著的。所以之後我就用布包起來，免得我媽又想起來。」

「所以，妳還因為這樣喜歡著詹倩雯嗎？」林羽田問。

——我喜歡詹倩雯嗎？

楊雅晴問自己，卻沒有那麼肯定。

面對林羽田的追問，她還是誠實回答：「或許吧，我們在幼稚園畢業後，直到高中才重新聯絡上。她一直站在朋友的界線內，我也一直沒有勇氣開口。」

「那她喜歡妳嗎？」

「我不知道，有時候她對我很好，有時候……或許她那時候有什麼煩心事吧！」

「那就趕快解決這件事吧！」

林羽田說完，看著前面的路況。沒過幾秒，又低聲在楊雅晴耳邊說：

「對了，我先警告妳一句，厲鬼的報復我們不能阻止，我只負責把咒收走。」

意思是：不要指望她有什麼英雄救人的情節，因為余曉妍的報復依舊合理。

「……」楊雅晴沉默下來。

林羽田看著她，「如果傷到妳，我很抱歉。」

「沒事，妳也是先給我一個警告。」楊雅晴說完，想到什麼後突然笑起來，「有沒有人說過妳的個性很直？」

「人貴自知。」林羽田板著臉說。

楊雅晴失笑。她發現自己在不知不覺間越來越信任林羽田，也漸漸習慣了她簡潔的說話方式。或許是因為林羽田不管怎麼冷眼旁觀，卻從來沒有讓她受傷過吧。

她知道自己的個性很雞婆，往往熱心反而是壞事，可是林羽田從沒嫌她麻煩或者丟臉過，反而會在別人要指責她時轉移話題。或許這是她表現溫柔的方式。

這絕對不是一趟愉快的旅行，楊雅晴默默看著車上的人。

除了林羽田，跟這起事件有關的是上次玩碟仙的六人，加上陳子泉跟自己，總共八人。扣掉確認死亡的陳滿華、張清華，以及失蹤的程雨冰跟水玉秀，整個團體可以說是災禍隨行。

事件從陳滿華死亡開始，然後陳滿華的鬼魂報復了程雨冰，之後水玉秀失蹤，程雨冰還以為玩碟仙可以招來陳滿華詢問，卻反而越弄越糟。

但是陳子泉和自己，應該跟余曉妍的事情無關吧？畢竟她沒有欺負余曉妍。

這一切都是因為碟仙，鬼魂才有了來到世間的橋樑。但陳滿華為什麼要報復他的好朋友？

楊雅晴在車上胡思亂想，覺得事情變得好複雜，車上涼涼的冷氣又讓她有點昏然欲睡。

林羽田則是靠著車窗，傳訊息給愛妮莎。

愛妮莎：『**嗯，收到的資料我會分析。另外羽田，BOSS找妳。**』

林羽田：『**我還在追查惡咒的來源。**』

愛妮莎：『**不是關於工作的，她想問的跟雅晴有關。**』

林羽田：『**晚上聊。**』

車子上了交流道，陳子泉突然開口：「你們去過紀念公園嗎？」

大家搖搖頭。那邊沒有美食，更沒有無線網路，誰會沒事去那邊啊？

「我一路開過來，覺得這條路越來越熟悉，所以突然想到，之前水玉秀曾經參加旅遊社團，有貼照片在她的IG上。這裡似乎也是路線之一。」陳子泉一邊開車一邊說。

詹倩雯坐在副駕駛座，顯得很不安，「秀秀？」

周一文原本在滑手機，突然抬起頭，「把冷氣調高一點好嗎！很冷耶！」

陳子泉無辜地說：「可是我沒有開啊，這只是送風。」

他說完，其他人都安靜了下來。

現在是暑假期間，七八月是艷陽高照，為什麼車內沒開冷氣卻這麼涼爽？

正當大家還在思考時，車上的廣播突然發出刺耳的沙沙聲，所有人都嚇了一跳！

「靠！嚇死人了！」陳子泉皺眉，將音響關掉。

這似乎又是一個警告。

這幾天大家的精神都非常不好，脾氣跟理智也下降許多，大概只有楊雅晴跟林羽田還能稍微保持冷靜。

正當氣氛陷入僵持時，坐在副駕駛座的詹倩雯突然哭了出來，她解開安全帶，轉頭看著楊雅晴，「都是妳啦！沒事為什麼要找我參加同學會！現在害我也被捲進來，楊雅晴，妳要負責！」

楊雅晴感到很受傷，整件事情她都不是發起人，為什麼要怪她？

林羽田卻冷笑開口：「玩碟仙的時候妳就沒想到這個？有種妳現在下車啊。」

「妳憑什麼叫我下車！妳才是整件事情的衰神吧！從看到妳開始，小冰就墜樓，其他人也失蹤，妳真的是我們班的嗎？我根本就不記得有看過妳！」詹倩雯充滿敵意地看著林羽田。

這不光是因為林羽田比她漂亮，剛才林羽田跟楊雅晴兩人小聲嘀咕的模樣她都看在眼裡。她很驚慌，如果楊雅晴去保護林羽田，那誰來保護她？因此她把害怕轉成敵意，攻擊林羽田。

「網路上可以查到資料，高中也有電話，妳可以自己去求證。」林羽田冷聲說。

此時，周一文卻附和詹倩雯，「我也覺得妳很可疑，現在的資料都電子化了，妳只要花一點錢就可以找人改資料吧！」

林羽田看著他們，「那就讓我下車。」

車子裡安靜下來，只剩下詹倩雯的啜泣聲。

陳子泉打圓場，「沒事啦，倩雯不要這樣，這不是林羽田的錯。」

「不是她的錯，那是誰的？」詹倩雯不依不饒地說：「我們都不想死，卻在轉圈！為什麼要依照碟仙的指示走，這不是更可怕嗎？」

「陳同學，麻煩你停車。」林羽田說。

「羽田，不要這樣……」陳子泉靜靜地說。

「陳子泉！」詹倩雯尖叫。

另一邊的周一文卻大喊：「停車！」他緊盯著前方，口氣很差。

刺耳的煞車聲在高速公路上響起。陳子泉將車子急停在路肩，過去的幾輛車傳來咒罵，但是更多的是剎車聲。

「前面塞住了！」周一文緊繃地說。

前方有一輛翻覆的大卡車，他們居然到現在才發現。

陳子泉蹙眉，「看來今天還是先在附近找地方住吧。」

感覺像有人想阻止他們離開。

詹倩雯安靜了，她的神色慘白，而其他幾人也嚇得無心再吵下去。

外面已經黃昏，他們只能同意在這附近找旅館暫住。

※

晚上在旅館裡，大部分的人都陷入睡眠之中。

楊雅晴也躺在床上。這一路上好累，不是體力的消耗，而是內心被人削弱的感覺。經過這些事情後，她對這些同學感到害怕跟厭惡，更對鬼魂的力量感到擔憂。

或許是帶著負面情緒，當她閉上眼進入夢境時，猶如來到了另一個房間。

她站在房間裡，內心滾動著悲傷的情緒。

——好想死。

楊雅晴看著桌子上的美工刀，心裡有一個聲音告訴她：只要拿起刀片往手腕劃，用力一點，刀子就會割破妳的動脈，會覺得很熱、很燙，但是不過一下子，鮮紅的血液就會流出來。妳會有點冷，但很快地，妳就不需要面對那些妳不願面對的事情了。

『這是自殺！』爸爸的聲音在腦海中響起。

短暫的阻止讓楊雅晴想控制自己，別對筆筒伸出手！不要拿起那把美工刀！

『妳對得起生養妳的父母嗎？』

媽媽生氣又帶著眼淚的面容浮現。她像被打了一記熱辣的巴掌！

她愧疚地流下眼淚，但還是控制不住想求死的想法。

——死了，就不需要面對那些可怕的事情了吧！

她看著美工刀，又看著自己手上的疤痕，痛苦不堪的霸凌記憶已經讓她的精神瀕臨崩潰。

她查找網路上的資料，每個人都說只要撐過這段時間就好，但這段時間是多久？又會糾纏她多久？為什麼她感覺自己每天都是在噩夢中驚醒，然後回到更像惡夢的真實世界？

好想死！好想逃……她抱著自己的肚子，下體傳來的痛苦讓她噁心又痛苦！

楊雅晴拿出桌上的美工刀，推出三格，看著自己如同榕樹盤根的手腕，一條條結實的疤痕爬在手上，提醒著她。

周圍的鄰居說她是自閉、有問題的人，讓媽媽連去買菜都會被為難，爸爸看她的眼光嚴厲得讓她害怕。

她想逃！如果死亡能逃離這個世界，洗去那段汙穢的經歷，她很願意！

只是她對家人還有愧疚，她不知道該怎麼開口，光是她企圖自殺的消息就快壓垮媽媽了，如果媽媽知道她被性侵，是不是會拋棄她，而她會成為沒有人要的孩子？

——與其這樣，我寧願去死！

楊雅晴看著手腕跟美工刀，她按著刀，銳利的刀尖劃過自己的手腕，劃出一條紅痕。

刺痛的感覺讓她冷靜了一點，已經乾掉的淚痕在臉頰上感覺有點緊繃，但她稍微能呼吸了。

她又割一刀，流出來的血液像替她痛苦的人生流出血淚。她終於能喘息，而疼痛提醒著她，她還在現實的世界！

好痛、好痛！手臂不斷傳來疼痛，但是她覺得好多了。她告訴自己，沒關係的，就當作自己只是提早瞭解人事而已。這其實沒有什麼的，她讀過資料，有八成女性都有被性騷擾的經驗，她只是遭受到比較嚴重的情況。

但是，手機的訊息提示聲響起！

她打開手機看到內容後，如遭雷擊般渾身僵硬。她的臉色變得慘白，只有一個想法——我想死！想要用死亡逃離這個世界，去一個沒有人知道自己的地方！

她不知道該怎麼辦，就去死吧！

當疼痛到達極限，就不會痛了。

她覺得自己就站在憤怒的烈焰裡，她想要找出方法，讓那些以她的痛苦為樂的人比她痛苦！

她瘋狂查找資料，卻發現即使蒐集到證據，依然只能讓他們關個半年，他們依然可以去傷害其他人，複製自己的痛苦！

她咬著唇，事情已經過了一天，她知道他們喜歡看自己煎熬。而她如同赤腳踩在熱鐵盤上，痛得跳起腳哭泣，卻成為娛樂他們的舞蹈！

她依照訊息來到學校的資源回收場。她是最後到達的，而那六個人已經到了。

程雨冰走過來，她是班上最漂亮的人，但也是最瞧不起自己的！

當她繞著自己打量時，她忍不住開始害怕。因為她已經承受過程雨冰做的太多事了，深知她的惡意跟她的美貌呈正比，班上的同學們卻沒人發現。

程雨冰繞到自己身後，猛力一推——自己被她推得往前走，卻發現鞋子被黏住了，她踩著襪子往前撲倒，最後跪在地上。

原來有人在前面的地板上鋪了一層膠水，她因為慣性的關係往前踩，鞋子就被黏住了。皮鞋底部很滑，因此她的腳抽出了皮鞋，也踩上前面的地板。

她的腳接觸到地面，立刻竄起疼痛感。原來地板上灑滿了碎玻璃，踩上去自然會被細碎的玻璃劃傷！

一旁，張清華跟詹倩雯一邊大喊噁心，一邊大笑著推開她，讓她直直撲到地板上。她變成四肢跪地的姿勢，碎玻璃刺進她的手，讓她痛得大喊。

「咦！你們看『玩具』，好像狗喔！這才是狗該有的樣子啊！哈哈哈！」周一文說。

他往她的屁股上一踹，看著她撲在地板上的狼狽模樣哈哈大笑。

羞辱讓她臉上熱辣，看著那些人嘲笑的模樣，她痛苦地流下了眼淚。

這時，陳滿華從另一端走過來，「嘖嘖！一文，你怎麼把『玩具』弄哭了？」

這是他們六個人的暗號，私底下，他們會稱呼她為「玩具」。

他走到屋簷下，拿出一張照片，「嗳，『玩具』！知道這是什麼嗎？」

她瞪大眼，看著陳滿華拿著她的裸照，「你要……幹嘛？」

不祥的預感充斥於心中，像心臟被掐住了一樣。

陳滿華的身高原本就高，他把照片隨手一丟，丟到屋頂上，誇張地做出撈的動作，「哇，拿不到耶！」最後惡意地說：「活該！」

「還給我！」她說。

她痛苦地站起來，碎玻璃割著她的膝蓋跟手掌，讓她痛得流下眼淚。

「妳拿得到就去拿啊！」周一文說，還拿著手機拍攝。

畫面裡，她只穿著襪子踩在碎玻璃上。

她急得想學陳滿華跳上去拿照片，雙腳卻被割得流血，白色襪子也漸漸染紅。

最近下午都會下雨，而她就這樣在雨天中沒撐傘，拚命跳起，想拿回那張卡在屋頂的照片。

這時，包括陳滿華等六人都在屋簷下看好戲。

周一文還在拍攝；張清華縮在最裡面，生怕雨水弄濕他新買的皮鞋；陳滿華靠在柱子上嘲笑著她；程雨冰則是在滑手機，專注於網購；詹倩雯在旁邊跟她討論怎麼保養；水玉秀則不安地看著周圍。

「老師好像要過來了！」水玉秀說。

大家聽到這句話才散去，只留下她一個人拚命跳，想要拿到屋簷上的照片，可惜她的身高太矮了。

雨水滴到身上很冷，但是從眼眶流出來的眼淚是熱的。

不管她怎麼跳，都無法搆到屋頂，最後她好不容易拉到屋頂的排水槽，卻誤把整個扯下來，讓自己淋了一身汙水。但是照片依然在屋頂上，就像她人生洗不掉的汙點一樣。

她坐在地上痛哭，甚至想等等去學校跳樓好了。

這時候有人走過來，手上還拿著東西。只是下雨天加上她哭腫了眼，看不清那個人的模樣，而且那個人的聲音分不出男女，「踩著，上去拿。」

她遲疑了幾秒，心想自己也沒有什麼好損失的，就踩著那個東西上去拿下照片，幸好照片是蓋著的，她趕快塞進自己的口袋。

「妳恨他們嗎？」那個聲音說。

她驚訝地看著那個人，但不曉得是不是身高的關係，她居然記不住這個人的臉。

「妳恨嗎？」那個人說：「恨到希望那些人死掉、痛苦、永墮地獄。」

「恨。」她聽到自己沙啞的聲音說。

「恨到詛咒自己，甚至是家人的生命，也要他們痛苦嗎？」那個人說。

「是。」

「那好，就照我說的去做……」

那個人似乎很詳盡地說了什麼，可惜她只聽清楚這幾個字，至於怎麼做、做什麼，她都沒有印象了！然後，她只記得自己就這樣蹣跚地走回家，紅色的腳印一步一步跟著自己，每一腳都是疼入骨髓的痛苦。

她只記得那個人說的，自己有多痛，他們就會多痛！

——那我要他們痛到後悔！

她回家後沒有馬上進門，反而走到車庫拿出爸爸的工具箱，拿起扳手，走到輪胎旁鉗住一個螺絲，然後使盡力氣扳開。一開始很難，但她咬牙握著尾端，用上全身的力量，終於鬆動了螺絲。之後就輕鬆了一點，她可以一下一下地轉鬆螺絲。

她一邊做這些事情一邊哭泣，有一瞬間她是後悔的！但不知道為何，內心湧上了一股狠勁。

她弄好一切後拿起扳手——這是最後，也是最重要的一步——她將右手放在車上，左手顫抖地舉起扳手，對準自己的手。

「爸、媽，對不起。」說完，她狠狠地把扳手往自己的手砸下！

喀！

臂骨斷掉的劇烈疼痛讓她腦袋一片空白，她卻因為哭了太久，只能發出沙啞的聲音。在疼痛跟眼淚洶湧的當下，她居然能單手將工具收好，做好一切才抱著自己的手走到門口。

「媽！」她哭喊道：「我手好痛！」

開始哭泣時，她覺得腦海突然一片模糊。剛剛她是怎麼縝密做事，甚至忍著那些痛苦的，她完全不清楚。

之後，所有事情猶如排演過一般流暢。媽媽驚慌地查看自己，爸爸則皺眉低聲罵髒話，一家人護著她手忙腳亂地走出去。

她知道家人要開車送她去醫院。

然後他們一家三口坐著車，爸爸握著方向盤，媽媽則不斷輕聲哄她。

她木然地坐在後座，看著車子開往結束的道路——在一個大彎道時因為煞車不及，車子撞破護欄掉了下去。

父母是什麼樣子，她沒有空注意。車子的墜落感讓她閉上眼睛，死亡來臨的那一刻，她竟感覺無比輕鬆。或許是因為死亡可以擺脫那些討厭的人，原來墜落是這麼快樂，就像在飛翔一樣。

清晰的話語從耳邊傳來：「真的，就像在天空飛一樣喔！」

她聽到某個人的聲音在自己的耳邊說，清楚得連咬字跟呼吸聲都聽得到。

——等等，誰在我耳邊講話？

「誰？」

楊雅晴猛然驚醒大喊，房間只有冷氣運轉的聲音跟自己的喘息。

她看著昏暗的陌生房間，想到：對了，他們臨時在附近投宿！

剛剛她好像做夢了，夢到自己自殘還自殺……

想到這裡，楊雅晴感覺到自己的心臟正劇烈地跳動，也摸到額頭上都是冷汗。

有一瞬間，她還是分不清夢境跟現實，只能喘著氣看著房間的擺設分神。

——剛剛……我……是聽到誰的聲音？

楊雅晴還記得說話時貼在自己耳朵旁的那股氣息。

是碟仙的嗎？還是余曉妍？

楊雅晴的眼神不停搜尋，直到房間裡沒有異樣才放下心。她現在在旅館的床上，應該沒事。下午的資訊漸漸回到腦海。他們去了學校跟公園，但是都沒有線索，只好先找一間小旅社暫住。她們三個女生一間，周一文跟陳子泉一間。

楊雅晴打開床頭燈，林羽田跟詹倩雯正在旁邊熟睡著，她嘆了口氣，想去上個廁所。上完廁所，她有點渴了。看看時間，凌晨兩點二十分，她想到大廳那邊好像有個飲水機，因此打開房門，想去樓下裝個水。

大廳一片安靜，只有櫃檯小姐跟她點頭打了招呼。

「請問飲水機在哪裡？」楊雅晴問。

「喔！要打開那邊的電燈，但是柵欄鎖住了，妳要跨過去！」櫃檯小姐連頭都沒有抬，手指了一個方向，繼續低頭玩自己的手機。

「謝謝。」

楊雅晴看到遠處的柱子上有電燈開關，但是有一個高度及腰的柵欄擋在前面，如果要過去，只能跨過去。

幸好我穿的是短褲。楊雅晴一邊想一邊走過去。

正當她準備兩腳都跨過去時，突然聽到身後有人喊她的名字。

「楊雅晴，妳在幹什麼！」林羽田氣急敗壞的聲音在她身後響起。

「羽田？」

楊雅晴轉身，看著林羽田緊張地看著自己。

「妳在幹嘛！快過來！」林羽田說。

楊雅晴看著她說：「我想要開燈啊！」

林羽田著急地說，「電燈在我這邊！」

「不對啊，電燈明明……」

楊雅晴轉過身，要指前面的電燈跟飲水機給林羽田看，但是她一轉過身就愣住了。

前面根本就沒有什麼柱子上的開關——她眼前的景象變了！

當夜風吹過她的耳邊，她感覺渾身的血液都涼了。

因為她此時就站在旅社的屋頂，一隻腳已經跨過了水泥牆，再往前一點，她就會成為社會頭條上的跳樓自殺者！

看著下面只有路燈的大馬路，楊雅晴頭冒冷汗，感覺到有人拉住了她的手。

林羽田已經走到她身後扯著她的手，要她回到柵欄內。

但是事情就在這一瞬間發生。

她只聽到背後有人說：「這麼愛管閒事，那就由妳先開始吧！」

還沒意識到什麼，楊雅晴只覺得腳下一空，她就掛在了旅館的矮牆上。

腳底空蕩蕩的，只有林羽田拉著她的手，手緊握到掐住她的肉，帶來疼痛。

楊雅晴低頭看到自己懸空的腳，還有握著自己腳踝的透明手掌。她能透過手掌看到很遠的路燈散發著燈光，這如果掉下去，絕對會死吧？

一股絕望爬上內心，她感覺到自己的手臂被扯得發痛，但林羽田恐怕更痛，因為她還要承擔另一個人的體重。這樣兩人絕對撐不久，再過不了幾分鐘，她的肌肉可能就會無力支撐，而自己只能從高樓墜落下去。

楊雅晴的眼神巡梭著樓下，想看看有沒有欄杆可以攀爬，接著發現不遠處有一個遮雨棚，以她的體重晃過去大概能落下，頂多只會有些挫傷。

「羽田，妳放開我，樓下有遮陽棚，我不會有事的。」楊雅晴勸道。

她能感覺到腳上拉著她的手放開了，這樣應該沒事了吧？

林羽田卻意外地堅持，她死命地拉著楊雅晴，低聲說：「我不放！」

從兩人握住的手，楊雅晴可以感覺到林羽田的肌肉緊繃。她抬起頭，看著林羽田咬牙的樣子，眼睛裡還有著焦急跟戒備。

沒有感情的她，也會有害怕的時候嗎？

「放手吧！其實掉下去的時候，真的就像在飛一樣喔。」那個女生的聲音又出現在楊雅晴的耳邊。

她用言語蠱惑著楊雅晴，繼而看到拉著楊雅晴的林羽田。她不是不想撲向林羽田，但她忌憚著林羽田身上的光，那是道家修煉過的特徵。

「羽田，妳放手，沒關係，我真的沒問題。」楊雅晴說。

她能感覺到林羽田的手在顫抖，她也快撐不住了！

林羽田卻依舊死死地拉著楊雅晴，咬牙說：「我不會放手的！」

林羽田提起一口氣，硬是使勁將楊雅晴拉起來，讓她的兩手可以攀住矮牆。

這時，詹倩雯跟周一文姍姍來遲，他們拿著手機終於來到頂樓，被眼前的景象嚇到。

「雅晴！妳們在幹嘛？」詹倩雯驚訝地喊。她看到楊雅晴攀在矮牆上，林羽田則拉著楊雅晴的手，硬是把她拉上來！

直到楊雅晴翻回矮牆內，詹倩雯才靠近關心，「雅晴，妳還好嗎？」

周一文也一臉茫然地走到詹倩雯旁邊，不懂這三個女生又在搞什麼。

同時間，詹倩雯跟周一文同時聽到耳邊有人說：「如果把她們推下去，我就放過你們。」

詹倩雯跟周一文都一愣，詹倩雯馬上大喊：「誰在說話？是碟仙嗎？」

林羽田皺著眉接話：「沒有人。」

但詹倩雯跟周一文不相信，都懷疑地看著林羽田。

「詹倩雯、周一文，只要把這兩個人推下去，我就答應不再糾纏你們。」聲音繼續說。

「別管她。」楊雅晴正要往回走，詹倩雯卻抓著她的手臂不動。

楊雅晴僵硬地轉過身，看著詹倩雯，想抽出手，但低著頭的詹倩雯不讓她走。

她感覺到自己的心開始發涼，「倩雯？」

「……」詹倩雯低聲喃念著什麼。

這時，周一文趁詹倩雯分散兩人的注意力，衝上前將楊雅晴推到矮牆邊！

「妳不要怪我，要怪就怪那個聲音！」

周一文的臉上滿是驚恐，像是聽到什麼可怕的東西，顫抖地看著楊雅晴！

林羽田想上前拉住楊雅晴時，周一文又一拳打上林羽田的腹部。

「你幹什麼，周一文！」楊雅晴驚喊。

周一文是籃球校隊的人，那一拳恐怕連男生都會受不了，更何況是林羽田！

「妳沒聽到她說的嗎？只要讓妳們死了，她就會放過我們！」周一文驚恐地說。

他看著在場的所有人，大喊著解釋自己的自私：「妳們兩個人死，總比我們一起死好吧！」

「阿文……」

詹倩雯愣在當場，惡意又自私的選擇卻浮現在腦海裡。

林羽田則衝到牆邊把楊雅晴扶起，確定楊雅晴安全後，馬上迴身一腳踹在周一文的胯間！

「啊！」

周一文痛得在地上打滾，而詹倩雯擔心地走到他旁邊。

事實上，她是害怕林羽田的攻擊。

林羽田抱著雙臂看著他們，冷聲說：「我不知道碟仙跟你說了什麼，但如果我死了，我做鬼都不會放過你們。」

碟仙想要藉這兩個人殺掉她們，但她可不是楊雅晴那種容易心軟的人。

她說完，周一文與詹倩雯都僵在原地，看著楊雅晴和林羽田互相攙扶，一起離開頂樓。

當兩人經過詹倩雯他們身旁時，詹倩雯羞愧地擋在兩人面前：「雅晴……」

但她才喊出名字，就沒有下文了。

一個人的耐性是有限的，守護也是。楊雅晴願意陪詹倩雯，是出於同學情誼跟好感，但這一路上，詹倩雯的反應跟語言都顯示出她只是把她當成工具人，有需求時才會想起來。

比起詹倩雯，現在林羽田的傷勢才是最該擔心的。楊雅晴完全沒看向詹倩雯，就算詹倩雯擋在面前，她的目光也只透了過去。

反倒是林羽田，她在三人擦肩而過時突然伸出手，往詹倩雯手上一抓。

「這不是妳的東西。」

她扯下詹倩雯手上的手環，讓楊雅晴扶她回房間。

詹倩雯原本還想要反駁，但是看到林羽田一臉了然，她就知道再多說也只是自取其辱！

而楊雅晴還沒從剛剛的驚險中回神，只是扶著林羽田下樓。

直到兩人的身影消失在頂樓，詹倩雯才身體發軟地靠上牆。

——她認出自己了？

其實從在醫院見到林羽田時起，她就覺得這個女生很眼熟，但是她沒有對自己說什麼，詹倩雯就安慰自己，說不定林羽田已經忘記了。畢竟那只是幼稚園小朋友的飾品，是塑膠製的，不需要多少錢，要不是這個飾品可以牽制楊雅晴，她也懶得戴出來。

但她沒有想到林羽田早就認出了自己，還按兵不動這麼久，心機也太重了！

詹倩雯完全沒有任何反省自己拿走別人東西的行為，對林羽田的敵意反而更重了。但是礙於周一文，她不好意思表現出來，只能眼睜睜地看著楊雅晴扶著林羽田離開。

※

另一邊，回到房間後，楊雅晴才發現不知道什麼時候，林羽田手裡的水晶吊飾已經碎裂，變成了一團碎片。

她一直以為這個水晶吊飾是自己跟詹倩雯幼稚園時的友情信物，但是剛剛林羽田說這不是詹倩雯的東西？

楊雅晴的腦海中浮現了許多疑問，但是林羽田呻吟一聲，又喚回了她的注意。林羽田剛剛為了救她不但手拉傷了，周一文的那一拳恐怕也讓她受傷了！

楊雅晴不安地看著她，「我們叫救護車吧？」

「不用，休息幾天就夠了，我想回去了。」林羽田心情不好地說。

「好。」

楊雅晴收拾好東西，兩人到旅館大廳叫車，準備回去。

「羽田，雖然現在說這件事很奇怪，但妳知道那個手環是誰的嗎？」楊雅晴好奇地問。

「我知道那東西是法器，可是詹倩雯並沒有修練，所以我才覺得那不是她的東西。」林羽田低聲解釋。她雙手抱著肚子，周一文的那一拳還是讓她隱隱作痛。

「這樣啊。」

聽完她的解釋，楊雅晴感覺更混亂了，還想多問什麼，但她們叫的計程車來了，她只好先扶著林羽田上車。

第七章 回憶

結果，這趟旅程算是不歡而散，楊雅晴陪林羽田回家休息。

但楊雅晴已經無心想這些了，她想到那個吊飾不是詹倩雯的，就表示她童年時期的幼稚園玩伴並不是她，也讓自己浪費了許多年的感情。

讓林羽田睡下後，楊雅晴一邊整理行李一邊回想。她對林羽田還是很陌生，或許是因為她身上還有太多祕密，自己根本就不瞭解這個人。

這趟旅程不但沒有解開碟仙的詛咒，反而加重了疲累感。

這時，手機震動起來，楊雅晴走出林羽田家。發現來電人是媽媽，她接起來，「媽？怎麼會在這時候打來？」

『小靜……啊！我又叫錯，小晴。』媽媽經常喊到她的舊名。『妳最近有要回來嗎？』

楊雅晴可以聽到媽媽說話的背景聲音，是弟弟正在看電視的聲音。

楊雅晴虛弱地笑，「沒有耶……」

她還想說什麼，就聽到媽媽明顯舒了一口氣，兩人的對話轉移到最近弟弟做了什麼。

心裡明明很清楚，但是「重男輕女」的感覺還是讓楊雅晴有些受傷，因為她再優秀，終究不及能傳香火的弟弟。她心不在焉地聽著媽媽看似抱怨，實則炫耀地說著弟弟的事情。

『小晴?楊雅晴?』媽媽在電話那頭問:『妳沒事的話,我要掛電話嘍?』

對了!聽到自己的名字,楊雅晴突然想到她不記得小時候的記憶,可是媽媽總會記得吧!

「媽!我為什麼會改名啊?」

楊媽媽停頓了一下才問:『ㄚ頭,怎麼會突然這樣問?』

「就……好奇啊!最近跟同學聊小時候的事,忽然想到的。」楊雅晴胡亂找了藉口。

『這樣啊……是妳自己吵著要改名的,妳忘了?』

「我?」

楊雅晴愣住,是我自己要求的嗎?

楊媽媽:『對啊,那時候妳跟幼稚園的……朋友很好,不是嗎?然後妳吵著要改名,我們就只好帶妳到廟裡去改了。』

楊雅晴順著媽媽的話回憶。

媽媽無奈又好笑的聲音從電話中傳來:『那個時候我真的嚇到了,因為妳明明不是這麼倔強的孩子,怎麼會突然倔起來。但這或許是好事吧,自從改了名字,妳就很少看醫生。』

「我那時候說了什麼?」

『好像是名字的部首吧。從原本的雅靜改成雅晴,具體是為什麼……我也不太記得了。』

「喔!那……」

『好啦,我先去忙嘍!』

「媽,妳要保……」

楊雅晴還想說什麼，但是媽媽已經將電話掛斷了。

看到通話結束，她無奈地收起手機，腦海中思考著剛剛的對話。

媽媽說，部首嗎？靜跟晴，兩個字都有青，旁邊是……爭跟日？

突然，一個畫面閃現楊雅晴的腦海裡。

兩個女孩穿著幼稚園的制服，在夕陽光中，對面那個女孩的面目模糊，但溫柔地說：『……不適合妳，我希望……』

然後就是轟天雷鳴！響雷劈上她們旁邊的樹。

她最害怕打雷了，所以聽到雷聲就趕緊摀住耳朵。與此同時，天下似乎落下了什麼東西，那個女生便衝過來抱住她。

楊雅晴聽到自己大喊，而那個女孩抱著自己時，飛揚的黑色長髮有如天使的羽翼，但顏色是漆黑的，幾縷柔軟的髮絲在自己臉前拂過。

過往的回憶接連湧上腦海！

她記得劈雷時，她手上的吊飾飛出去，然後是轟鳴的雷聲。等她恢復意識時就因為發高燒，在家休息了一個星期。醫生說她是因為驚嚇過度，有一些記憶遺失了。因此她回到幼稚園後，看到詹倩雯手上的吊飾，才會誤會她就是相處兩年的好朋友！

昨晚詹倩雯沒有否認，現在又想起了回憶，她才驚覺小時候的那個朋友真的不是詹倩雯。

『**愚蠢，只願意相信自己眼前的事。**』

這是林羽田說的話。

楊雅晴感覺臉上熱熱的。她很羞愧，居然會錯認一個人這麼多年，要不是林羽田提醒，她恐怕都不會發現。

雖然不知道那個人是誰，但她很想跟那個人道謝。

今天的晚餐異常豐盛，吃得林羽田胃好撐。吃著楊雅晴端出來的布丁，她咬著湯匙心想：果然該把楊雅晴騙來家裡常住，這樣就有很多好吃的東西了。

「雅晴……」林羽田才開口，廚房裡就摔了一堆東西，她擔心地看過去，「妳還好嗎？」

「沒事，我……沒事。」

楊雅晴拿起碗擦洗，眼神總是不自覺地飄向林羽田的嘴唇。她壓抑住內心的衝動，但又覺得好丟臉。

當她想摀住臉時，林羽田的聲音出現在旁邊，「那個是菜瓜布喔。」

菜瓜布？楊雅晴看著差點貼到自己臉上的菜瓜布發愣。

「我也來幫忙洗吧！」林羽田走過來說。

想到兩人交接碗盤時有可能會摸到她的手，楊雅晴有些停頓。

「不……羽田，妳在旁邊就好。」

「妳怎麼了？是因為那趟旅途的事嗎？」林羽田看著楊雅晴問。

難道是詹倩雯又說了什麼？

「沒！當然沒有……」楊雅晴搖搖頭。她覺得自己有點丟臉，又抬手想摀住臉。

「等等！那是洗碗精！不能洗臉！」

林羽田趕緊攔住楊雅晴。因為怕她又會繼續拿洗碗精洗臉，林羽田只好去客廳。

等楊雅晴摸了半小時，兩人才坐在一起各自滑手機。

「我想問一個問題，為什麼碟仙要跟詹倩雯他們那樣說？」楊雅晴問，「她為什麼要我們死？我們明明沒有傷害她啊！」

「因為我們妨礙到她了。」

「所以她才迷魅了倩雯跟周一文？」

「並不是迷魅，那是他們真實的恨意。」林羽田說。

「……」

楊雅情愣住。他們真的恨自己跟羽田嗎？可是她明明很努力想幫他們，為什麼最後會變成這樣？

林羽田平靜地說：「這沒有什麼，妳永遠不可能知道一個人全部的真實面貌。」

楊雅晴又問：「妳也是嗎？」

一時間，整個空間安靜了下來。

林羽田肯定地點點頭，「對，現在的確不是我的真實面目。」

其實，她也不希望楊雅晴看到她真實的樣子。

※

幾天後，林羽田坐在圖書館裡看書。

每週看書兩次、每次三小時，這是林羽田的習慣，因為楊雅晴害她的右手拉傷，所以楊雅晴自願當起小護士的角色陪著她。

楊雅晴其實有許多事想問，但她看到林羽田自在的模樣，不知道該怎麼開口，只能沉默地陪在她旁邊。

「妳很喜歡看書嗎？」楊雅晴問。

林羽田點頭，翻過一頁，「多知道一些總是好的。」

楊雅晴撐著頭看她。她手上是一本植物圖鑑，旁邊堆著一堆心理學、社會行為、職場囧事、笑話大全，種類非常跳躍。

楊雅晴自己是拿了一本食譜就開始發呆。她從小不喜歡看書，比起書本，她更喜歡流汗、活動自己的肢體，直到她開始接觸煮菜、愛上烹飪。原來簡單的幾樣食物變換一下，就能變出非常美味的料理，火侯的控制、顏色搭配都讓她覺得非常有趣。只可惜她的外表偏向中性，許多人聽到她會煮菜，第一個反應都是驚訝，然後嘲笑，「那些東西能吃嗎？」

這讓楊雅晴很受傷。她確實不像一般女生會擦指甲油、做頭髮，衣服也萬年T恤加牛仔褲，但是因為她的外表而否定她，讓她有些沮喪。

如果要說女性特質，林羽田恐怕甩她好幾條街吧！

楊雅晴看著一旁的林羽田，從進圖書館起，已經有三個男生來要電話了。

還有一個男生非常黏人，直接坐在她們對面，「嗨！我是盛師大學的，我很常看到妳耶。」

林羽田蓋上書看著他，「先生，你擋到光了。」

男生沒有生氣，反而露出陽光的笑容，「妳好酷，我可以跟妳交個朋友嗎？」

林羽田看著他的眼神中帶著打量，過一會兒，她彎起嘴角，「好啊，告訴我你的課表，你什麼時候有空？」

男生一聽就知道有戲了，露出一個笑容說：「除了週一、週二，我都有空喔！」

「嗯，那我會改成週一、週二來。」林羽田一邊說一邊起身走到櫃檯，對櫃檯說：「麻煩，我要外借。」

櫃檯小姐在登記時，楊雅晴走到林羽田身邊。她看到那個男生皺著眉，雖然很討厭這種自己貼上來的男生，但林羽田的拒絕也太直白了。

果然，那個男生想了一下才反應過來，走過來臭著臉看林羽田，「妳是在拒絕我嗎？」

林羽田轉過身看著他，這一瞬間，楊雅晴覺得她冰冷得像冰雪女王。絕對不是動畫裡的那種大眼萌妹，而是有種天生的威嚴，看到男性求偶的可笑姿態絲毫不放在心上。她沒有任何鄙視，只是覺得不重要，所以不需要給予任何情緒。

楊雅晴甚至覺得，哪怕那個男生暴怒或者生氣，都不可能在林羽田心裡留下一點影響。

想到這裡，楊雅晴發現自己居然有點開心。

面對那個男生的質問，林羽田指著櫃檯旁的監視器，「你想要留下性騷擾的證據嗎？」

那個男生看到監視器，只能生氣地摸摸鼻子離開。

但因為這場鬧劇，她們只好回林羽田家。

林羽田家的裝潢很簡單，簡單到只有一套被子跟電腦螢幕，其它地方乾淨到衣服收一收就可以搬走。

此時，林羽田坐在沙發上看書，她用左手翻動書頁，而楊雅晴忙完自己的事情就在旁邊研究借來的食譜。

林羽田靜靜地翻過一頁，「妳想問什麼嗎？」

「啊？」楊雅晴愣住。

「妳有事想問我，對吧？」

林羽田看著楊雅晴，畢竟她手上的書都拿反了，應該有事很想問她吧。

楊雅晴紅著臉蓋上書，「就是剛剛……那個男生其實滿帥的。」她試探性地問，緊盯著林羽田的反應。

「我不喜歡。」林羽田說。

「喔。」

楊雅晴呆呆地看著她，心裡有點開心她對那個男生沒興趣，但又有點愧疚，自己怎麼能這麼小心眼。

電話適時響了起來，來電顯示為六個零。

林羽田接起來，「喂？」

『小田，多恩有事情要妳來一趟。』愛妮莎的聲音傳來。

「知道了。」

林羽田掛上電話看著楊雅晴，看來又必須放下對話，優先處理任務了。

她們回到地府犯罪調查中心。

多恩像個發現寶物的小孩，完全沒有先前的嚴謹。她眼神晶亮地跑來，「小田、小田，天啊！沒想到會有這麼精細的法術。」

她拉著林羽田兩人，進了她的辦公室。

愛妮莎則叼著棒棒糖晃過來，打開冰箱拿出蛋糕，笑道：「小晴晴，要不要吃蛋糕？這是我『特地』去訂的喔！」

一旁在喝茶的 Pink 突然咳了一下。

雖為職場菜鳥，對於前輩隱晦的制止，楊雅晴當下就發現了不對。趁愛妮莎被林羽田叫走，她看著 Pink，「那個……Pink，妳剛剛為什麼……」

Pink 頂著精緻的妝容看她說：「如果妳不想被愛妮莎拖下水，最好別吃她特地訂的東西。」

他低沉的聲音如同上好的醇酒，但配上那一身窈窕美麗的粉色裙裝就是有點怪怪的。

「怎麼說？」楊雅晴好奇地問。

「就是她能精準推算出網頁的抽獎程式，讓自己成為幸運兒。」

Pink 說完拿出口紅，用小化妝鏡補妝。而他仰頭露出喉結，讓楊雅晴忽然發現了一個事實。

「呃……你是男生？」

「是啊，怎麼了嗎？」

Pink用一雙媚眼看著楊雅晴，一步一步走近。

不知道是不是背光的關係，他周身都籠罩著黑暗，但那雙眼睛閃著奇異的黃光。

有一瞬間，楊雅晴感覺自己看到的是一雙金黃的獸眼逼近而來。

Pink以低沉的嗓音問：「妳覺得我很『娘』嗎？」

「喂！狐狸精，你在幹嘛？你要是弄得整個茶水間都是你的味道，小田會生氣喔！」愛妮莎氣呼呼地警告。

聽到林羽田會生氣，Pink轉過頭看著愛妮莎，「哼！」之後他踩著自己繡製的鞋子，回到位置上。

「Pink討厭性別歧視的人。」愛妮莎說。

楊雅晴忍不住說：「可是他的聲音很好聽耶。」

愛妮莎淡然地說：「我才不管，我只在乎點心。Pink給我點心，那他就是Pink！」

楊雅晴啞然，或許自己的價值觀還是太狹隘了。她不該干涉別人的穿著，就像她也不希望別人因為自己中性的外表，就忽略自己女性的那一面。

愛妮莎的下一句話讓楊雅晴好過一點，「不過這也不能怪妳，Pink是被他姊姊趕出來的。」

愛妮莎一口吃下半個蛋糕。

「他原本住哪裡？東區嗎？」

「清秋。」愛妮莎說：「聽Pink說，他是妖族的直系子孫，但是因為他喜歡女裝，就被他的姊姊們趕了出來。」

「那他喜歡的是男生？」

「我不知道。」愛妮莎說。

「那為什麼他喜歡……」穿女裝？

「他想當服裝設計師。」

「呃……就為了這樣？」楊雅晴問。

這個職業很正常啊！

「就因為那些人斷章取義啊，後來 **Pink** 就乾脆自己穿起女裝了。不過在被趕出來之前他似乎爆炸了，所以 **Pink** 是被小田抓回來的。」愛妮莎開心地吃完最後一口蛋糕。

她說的是結論，中間省略了很多法術跟戰鬥的過程。

「羽田的能力很強嗎？」楊雅晴好奇地問。

「嗯……如果我解封，她應該能接我一招。」愛妮莎笑說：「妳們現在進展到哪一步了？」

愛妮莎露出了少女的八卦。

「……什麼進展？」楊雅晴臉紅地問。

「妳知道我可以追蹤妳的手機。我看妳跟小田待在一起的時間滿久的呢！」愛妮莎說完，看著楊雅晴。

為了管理，她在每個員工的手機上裝了定位，畢竟這群人除了身手不凡，行蹤也飄忽不定。

愛妮莎觀察到楊雅晴跟林羽田在一起的時間，已經超過一般交友聊天的時間了，更別說林羽田根本不愛交朋友，跟同事說話都會在幾分鐘內結束。林羽田能和楊雅晴在一起這麼久，兩人的關係肯定不同一般。

在愛妮莎的注視下，楊雅晴為了不讓自己社會性死亡，趕快轉移話題：「愛妮莎，為什麼妳會對網路世界這麼熟悉？」

愛妮莎咬著湯匙，過一會兒才低聲說：「網路是安全的，只有待在BOSS的結界裡，我才不會傷害到別人。」

在網路的世界裡，她可以遨遊到現實無法到達的地方，這是她唯一的自由。

因為她特殊的血統會讓有貪欲的人更加瘋狂，能力比她強的人也只想收服她，甚至造成了很大的傷亡，她之前造成的混亂一直到BOSS出現才停止。

她覺得自己很無辜，更討厭被人奴役。而能力在這邊受到抑制後，她還可以藉由網路融入社會，所以她喜歡網路。就算網路有黑暗面，她就是喜歡那種跟許多人在一起的感覺，她也知道那些人其實沒有表面上乾淨，但人族的善惡道德不適合她。

楊雅晴覺得自己似乎觸及了別人的私事，「……抱歉。」

「不過網路上的人真的很好玩喔！人人戴著面具，口無遮攔地互相傷害，最黑暗跟光明的人性在網路上張牙舞爪，真的好有趣！」愛妮莎陶醉地說。

楊雅晴深深地佩服起特林沙的決定。

眼前的小女孩絕對不適合放入社會，按照她這種缺乏社會化，又見過太多生死的態度，說不定可以靠圖書館的網路線癱瘓整個縣市，起因只是沒有吃到她想吃的巧克力，真是太可怕了！

楊雅晴不知道的是，她的猜測無比接近答案了。

每次走進這個調查中心，楊雅晴都有種跑到另一個世界的感覺，她甚至很好奇，特林沙是用什麼樣的方式，領導這些專長跟人際關係呈現極端反比的團隊。

一旁，林羽田已經跟多恩討論完了。兩人從多恩的研究室走出來，林羽田對楊雅晴招手，「雅晴，我們去看一個人。」

楊雅晴點頭，「要去哪裡？」

「醫院，張清華還活著。」

張清華！楊雅晴瞪大眼問：「他不是摔下去時就死亡很多天了嗎？怎麼可能還活著？」

※

兩人來到醫院，張清華正躺在病床上，眾多的線路讓他無法穿衣，但旁邊的心律器發出規律的線條，證明他還活著。

楊雅晴皺著眉，這樣真的算活著嗎？

「他還活著，連靈魂都在。」林羽田拿下眼鏡說。

「這……」

楊雅晴看到鏡框上有一隻狐狸，跟英文Pink的LOGO。

多恩眼神熱切地看著隔離室裡的張清華，像貓正緊盯著魚：

「這是很精細的法術，要不是我無聊，想說試試看招魂咒，否則根本不會發現他的靈魂藏在心臟裡面。」

多恩整個人都貼在玻璃前，幾乎可以說是渴望地看著裡面的張清華，「如果可以剖開來看個仔細就好了！」她舔唇飢渴的樣子令人不安。

如果此時不是在醫院，這麼一個美艷的女郎貼在玻璃上舔唇，是非常賞心悅目的事，但幾個護士現在正緊盯著她們，甚至有人拿起電話，打算將他們趕走了。一旁的林羽田完全沒有打算阻止多恩的意思，只好由楊雅晴將兩人拉到會客室。

幾乎是她們剛走，就聽到精神科的醫生問：「那些人在哪裡？」

楊雅晴趕快關上會客室的門。

「林羽田？」

聽到一道男聲，楊雅晴嚇了一跳，因為這間房裡憑空出現了一個穿著白襯衫的男子。

「大人？」

林羽田看著走過來的男子，正經地行了一個禮。楊雅晴能感覺到林羽田整個人都繃緊了，她不明所以地看著那個白襯衫男子。

楊雅晴很確定，在她們進來之前沒有人在會客室，這個白衣男子是怎麼出現的？

「好久不見。」林羽田說。

「你們申請調閱的資料已經下來了。」男子遞上一個牛皮紙袋，同時看了一眼楊雅晴，「就是妳吧？讓羽田這麼保護的人。」

楊雅晴不懂他在說什麼，林羽田卻一把將她拉到身後，「大人，前世今生不該混為一談。」

「是嗎？我卻覺得相似得很……」被稱作大人的男子只是微笑。

「呦，你在這裡啊！妳也在。」

又一個穿黑襯衫的男子出現在這個空間裡。林羽田見到人，也行了禮。

黑襯衫男子笑了笑，點頭回應後說：「好啦，我們該走了！」

黑襯衫男子轉身就走，白襯衫男子也跟著他離開，兩人就這樣消失在會客室裡。

楊雅晴看得瞠目結舌，「羽田……剛剛那兩位是……」

「使者、引渡人。」多恩一邊說一邊燃起打火機抽菸，煙霧瀰漫。

林羽田沒有管她們兩人，只是打開資料閱讀，然後皺起眉。

楊雅晴看到這個表情就知道有些不妙，但林羽田直接把資料拿給她，「妳看看。」

她看著上面亂七八糟的文字，「這是什麼字？」

「冥文，妳看中文字就好。」林羽田說。

楊雅晴看著資料夾一會兒，她居然看懂了上面的文字。

這是一份申請復仇的表格，後面還有說明，表明除了申請人與被復仇人，不得波及其他無辜，還有一些相關規定，比如不能擾亂人間或者使用咒語、術法等等。

楊雅晴一邊翻閱一邊感嘆，原來死後的世界是這樣的，看來人治真的有在進步呢！

最後她看到申請人的欄位上寫著「余曉妍」，付出的代價那一欄卻是[redacted]。

「余曉妍！」楊雅晴看著這個熟悉的名字，感覺一切又繞回來了。

「看來她確實是死亡了。」林羽田說。

楊雅晴感覺事情變得更糟了。

探望完張清華，楊雅晴三人決定回調查中心討論這件事情。

「那天妳只有傳訊息給詹倩雯跟周一文嗎？」楊雅晴問。

「我在群組傳的。」林羽田回答。

在程雨冰召集所有人再召喚第二次碟仙後，林羽田就被加入了那個社團，一方面是張清華想邀她，另一方面她也想瞭解事件，所以就加入了。

當時楊雅晴被迷魅後差點跳樓，林羽田一發現她不見，就尾隨著走路聲走到頂樓。聽到頂樓門被打開，她就知道有問題，直接傳訊息到群組：

『**事情有異，速到頂樓！**』

所以詹倩雯跟周一文才會來頂樓找兩人。

這時，兩人突然想到什麼，楊雅晴問：「詹倩雯跟周一文收到訊息後都趕過來了，那陳子泉呢？」

林羽田跟楊雅晴對看一眼，雙雙愣住。因為楊雅晴差點跳樓，之後林羽田又受傷，因此兩人先退出了那趟旅途，但是一直到走下樓梯，他們才遇到不明所以的陳子泉。

「碟仙……真的是碟仙嗎？」林羽田低聲問。

楊雅晴的內心更加灰暗，因為她和林羽田想得一樣。

她們是從同學會開始發覺不對勁的，因此將一切都歸咎於在同學會上請的碟仙，但是，她們忽略了請碟仙這件事是誰提議的。

陳滿華的死亡似乎是余曉妍所為，但余曉妍能影響生死的咒術又是誰教她的呢？

楊雅晴不想猜測自己的高中同學，「如果不是碟仙……那是……誰？」

「我們梳理一下來龍去脈，從同學會開始。」林羽田說。

她在筆記本上寫下「同學會」。

「首先，陳子泉跟程雨冰、陳滿華、水玉秀、詹倩雯、張清華在玩碟仙。」楊雅晴說。

林羽田寫下「碟仙」並標上六個人的名字，「之後陳滿華就出事了……」

「因為他打斷了碟仙，所以碟仙生氣，而張清華也因為第二次碟仙……」楊雅晴敘述。

「等等！我們搞錯了吧？」林羽田用筆點了點陳滿華的名字，皺起眉，「陳滿華確實是第一個死亡的，也是打斷者，但他是被余曉妍殺死的……這要嘛是兩回事，要嘛余曉妍就是碟仙。」

「那小冰跳樓呢？」

「程雨冰說過她曾看到陳滿華，是在陳滿華死亡的隔天。」林羽田說，並在陳滿華旁邊寫上余曉妍，然後另一邊寫上程雨冰。

到這邊都是那群小團體的人。

「如果是碟仙，陳子泉不可能沒事……」

林羽田突然想到，之前陳子泉說過，有的人沒有十年後。

她寫上陳子泉的名字，但排在最旁邊，因為他並不是這個團體的人。然後寫下陳滿華、程雨冰、張清華、周一文、詹倩雯、水玉秀這些名字。

楊雅晴思考著，看到這六個人的名字，突然愣住，「等等！難道余曉妍只殺了陳滿華，復仇就結束了？」

林羽田也想到了這一點，指著筆記本說，「如果不算上陳子泉，這幾個人就是當初欺負余曉妍的固定班底。」

「還是余曉妍還沒死，只是失蹤？」

楊雅晴還抱著最後一絲希望，說不定余曉妍只是生靈，會回到身體的那種。

「不，她已經死了。」林羽田看著手機說：「地府那邊的申請表妳也看到了，上面有余曉妍的名字。」

楊雅晴剛想說什麼，林羽田又補上一句：「但是地府也找不到她。」

突然間，楊雅晴想到自己在旅館做的夢。

現在想想，她在夢裡看到的地方，就是她跟林羽田去查探的余家。

「我想起來了！我們有去過余曉妍的家對不對？」

她仔細回想余曉妍家門口電鈴的模樣、車庫的位置、房間的擺設，的確就跟夢中自己自殘的房間一模一樣！

「那天我做了一個夢，夢到自己被霸凌跟自殘，我以為這是我想太多，但現在回想起來，夢中的我就是余曉妍的視角！」楊雅晴說。

「自殘？妳講得詳細一點。」

林羽田凝重地看著楊雅晴，聽完楊雅晴描述整個夢境，她點點頭下結論：「恐怕那真的是余曉妍，她要給妳看她死亡的過程。」

那是亡者的託夢自白，並且說明自殺的原因，可是她跟楊雅晴都被後面差點掉下樓的事情吸引了注意力，才沒有聯想到這個夢境。

「地點呢？」

「應該是在余曉妍家。」楊雅晴說。

「那個男生……妳有看到他長怎樣嗎？」

聽起來那個夢境就是關鍵，可是按照楊雅晴的敘述，林羽田心裡已經有了定論。但是她還不確定，也不想說出來讓楊雅晴擔心。

「沒有，明明看過他的臉，但就是想不起來。」楊雅晴搖頭。

「余曉妍……恐怕已經失控了。」

「什麼意思？」

「如果妳的夢屬實，那恐怕余曉妍是自殺的，而且是帶著家人自殺。」林羽田解釋：「從碰到那個面目模糊的人開始，余曉妍就已經被控制了。」

「怎麼會？」楊雅晴不敢相信。所以是余曉妍自己帶著家人去自殺的？她害全家人在那個彎道摔下懸崖死亡？

「會的，那個人大概是半催眠、半利用咒的力量，先找到余曉妍，然後施咒讓她去自殺。會找上她的原因就是她被霸凌，肯定會找報復的方法，所以不怕她不上鉤。」林羽田分析。

楊雅晴艱澀地問：「但為什麼……要對她的家人下手？」

因為怨恨對方而想要詛咒可以理解，但是為什麼帶上家人？

「因為死者越多，怨恨的力量越強。不過那大概不是余曉妍自願的，因為她應該不了解車子的構造，恐怕是那個人催眠她的。」

「為什麼要這樣……」楊雅晴不懂，恨到殺死無關的家人，只為了報復那些傷害自己的人，這樣值得嗎？

林羽田低頭小聲地說：「或許就是這樣，她才能產生足夠的怨氣去驅動咒。」

人的情感很複雜，複雜到愛跟恨都不純粹了。

楊雅晴還在消化這個消息時，一旁的林羽田看著筆記本，突然想到什麼，將那天買的地圖攤開。她圈出那五個景點，然後按照到達的時間連起來。

「咒術、咒體、咒祭……這樣說得通了！」

林羽田沿著那五個地點，畫成了一個五芒星，而星星的中心點就是微星高中。

楊雅晴不懂地看著她，「什麼意思？」為什麼畫個星星就知道了？

「這並不是亂繞，而是以參加旅途的人作為獻祭，畫出一個巨大的五芒星陣，而陣眼就是微星高中。」

「那現在怎麼辦？我們參加那趟旅途已經過一個星期了，他們都照著地圖走完了，也沒發生什麼事情啊！」

林羽田也沉默。按照幕後主使人的個性，能等三年再發動，恐怕早已謀劃許久。但這中間卻有一個星期的空白，根本不可能。

應該不是沒動手，而是對方動手了，只是自己跟楊雅晴沒發現而已……

嗡——

手機在桌上震動，發出嗡鳴聲，林羽田皺眉看著楊雅晴拿起手機接通電話。

因為她看到了來電顯示。那是詹倩雯打來的！

「喂？」楊雅晴接起電話。

『小晴，救救我！』詹倩雯的聲音從電話傳來，聲音似乎快哭出來了。

「妳怎麼了？我現在馬上過去。」楊雅晴看著林羽田說。

第八章 不及

自從上次的旅途後，詹倩雯就沒有再出門了。

到底是什麼時候開始，整件事情都不對勁了？

詹倩雯坐在床上，她回到家後只覺得好累，原本的打工不去了，同學、導師問她怎麼了，她也沒辦法好好回答，只覺得想睡。

一週過去，她也快速消瘦下去。她不記得上一次吃飯是什麼時候，只感覺自己喝了一點水，然後又是無止盡的疲憊湧上來。

她走到浴室想要洗把臉，讓自己打起精神。看著鏡子裡的自己，那是一張慘白的臉。無神的眼睛看著自己，她竟然發起呆來，好一會兒才回神。轉開水龍頭時，手上的傷口刺痛了一下，她才想起來那時楊雅晴扶林羽田離開，林羽田直接從她的手上扯掉了吊飾，所以她的手上也被勒出了一條紅痕。

對於想推楊雅晴下去的心思，她也有些愧疚，但是遇到這個狀況，任誰都會害怕吧？所以真的不能怪她，這明明是程雨冰的錯，是同學會的問題，如果不是那些人，這件事情根本不會發生，也不會有什麼碟仙！

她在心裡點頭，對！為什麼要怪我？如果楊雅晴知道這樣做不好，就應該阻止她啊！她哪知道玩碟仙會玩出這麼多事情！

回來之後，那天的聲音就經常出現在自己的腦海裡，要她去殺了楊雅晴，不停地催促她。只要她認同那個聲音，一起責備楊雅晴，那個聲音似乎就沒這麼緊迫盯人了！

但這樣真的是對的嗎？

詹倩雯痛苦地皺起眉頭，她真的快被逼瘋了！

——不要管了！

那個聲音又在腦海裡出現。

——我好想活下去！想活下來有什麼不對？都是楊雅晴的錯，是她說過會保護自己的！

——不……沒什麼好否認的不是嗎？任何人都想活下去，活下去的代價只是殺掉一個該為這件事情負責的人，又有什麼錯呢？

詹倩雯看著鏡子裡的自己，有一瞬間，鏡子裡的自己似乎在開口說話。

——本來做不到就不應該答應要保護妳，既然答應了，就要保護妳啊！妳們才是好朋友吧！

——現在只是一個林羽田就讓楊雅晴離開了，看來她也只是說說的，根本沒誠意！

——這種只靠一張嘴的人有什麼好活著？妳才是最應該活下去的人，不是嗎？

這個聲音不斷蠱惑著詹倩雯。

不是的！詹倩雯感覺自己還在掙扎。

她其實一直都記得，她才是搶了林羽田東西的人，並利用那個吊飾取代楊雅晴記憶中的林羽田，理所當然地享受楊雅晴對她的好。

但是，是楊雅晴自己蠢到忘記了林羽田，是她只用吊飾認人，也沒有來確認過，她幹嘛要多此一舉去解釋呢？她會這麼做，只是想要楊雅晴站在自己身邊，想要享受有人幫忙拿東西、有人永遠站在自己身邊的友情罷了。

至於林羽田，她長得比自己好看、功課也比她好，她當然討厭這個人，幸好她很快就離開了。既然人都離開了，那個吊飾是她撿到的，她為什麼不可以留著？

有個聲音說：小偷！妳偷了林羽田的吊飾……

詹倩雯又低下頭洗臉，希望水聲能沖掉那討厭的聲音！但是一把水關掉，她看著鏡子，就會聽到那個聲音不停叨叨絮絮地說話。

最後把詹倩雯拉出浴室的，是她的手機。

來電顯示是陳子泉。

「喂？」詹倩雯接起來。

『……』

電話那頭的陳子泉喃喃說了什麼，卻一點都聽不清楚，但詹倩雯一直點頭對著電話說：

「嗯、嗯……好，我過去。」

她像是著魔一般，開始挑選衣服、化妝，然後提著自己的小包包，在走出房門前，她看著鐵門上自己扭曲的倒影，心底有些不安。

似乎不該出門吧？

這個念頭一閃而過，她卻看見鐵欄杆上自己扭曲的倒影對她笑了一下。一瞬間，那種不安感就消失了，她打開門走出去，關上家門上鎖，然後轉身離開，甚至跟上樓的人打了招呼。

但是她沒發現的是，當她轉身離開時，她倒映在不鏽鋼鐵門上的身影沒隨著她的腳步離開，而是站在原地。可惜這只有下半身的倒影，沒有引起任何人的注意。

※

陳子泉約她在一間餐廳見面，詹倩雯到了現場，才發現只有自己跟陳子泉，她不解地問：「怎麼了？」

陳子泉只推推眼鏡，「就想跟妳聊一聊，不行嗎？」

「無聊。」

詹倩雯說完就轉身想走，卻突然感到一陣腹痛，只好走進餐廳的廁所。

在廁所解放後，她走到鏡子前打開水洗手，卻聽到背後三間廁所門被人敲響。

但是從面前的鏡子可以看到，三間廁所的門鎖都是綠色，表示三間廁所都沒有人吧？

——叩、叩！

一般會敲廁所門，都是外面有人要進去，才會敲門問有沒有人吧？為什麼是從裡面敲？

說不定是廁所門壞了，詹倩雯勸自己不要胡思亂想，沒什麼好怕的。

「外面有人嗎？」一個女生的聲音傳來。

詹倩雯故意安靜不回應。

「那個衛生紙沒有了……可不可以幫我拿一下……」怯怯的聲音再度傳來。

詹倩雯轉身準備離開，在即將要踏出廁所時，裡面的人似乎聽到詹倩雯要離開的腳步聲，哀求著詹倩雯，「不要走，拜託，請幫幫我。」

這時候就可以看出人性的自私了，詹倩雯撇了撇嘴，就算擦手紙在她旁邊，她也沒興趣幫那個人。她依然走向往門口，在即將要踏出門時，那個人又開口了。

「倩雯，妳不怕我把妳的不雅照傳出去嗎？」原本的聲音轉為了威脅。

詹倩雯停下腳步。

裡面的聲音歡快起來，「呵呵！大家如果知道妳的真面目……應該很有趣吧！」

詹倩雯可以肯定廁所裡的人一定認識她，但是細聽這個聲音，卻又不確定，連是男是女都不確定。

「妳是誰！」詹倩雯大叫。

嘻嘻嘻……

裡頭傳來了詭異的嬉笑聲，似乎有很多人，但她進廁所時根本就沒有人啊！

詹倩雯看著發出聲音的隔間，遲疑地想要不要去開門？

鈴鈴鈴鈴鈴！

手機突然響起鈴聲，詹倩雯嚇一跳，腳一滑就摔倒在廁所的地板上！

「嘶，好痛！」詹倩雯包包裡的手機也掉了出來。

她撿起手機，原來是她設定要去打工的鬧鐘忘記關掉了。

所有詭異都被這個鈴聲打斷了，詹倩雯狼狽地爬起來走出廁所，約她出來的陳子泉卻已經離開了。

人在最害怕的時候，還是會下意識地尋找會讓自己安心的對象。不管詹倩雯再怎麼說服自己討厭楊雅晴，她想到的還是楊雅晴。

她站在陽光底下發著抖，即便夏日的氣溫炎熱，她還是覺得從骨子裡冷出來。縮著肩膀的她撥打著楊雅晴的手機。

『喂？』

「快接啊！快點……」詹倩雯皺著眉頭，看著手機不高興地低語。

楊雅晴的聲音從手機另一邊傳來，詹倩雯的聲音都快哭出來了。

「小晴！救救我！」

『妳怎麼了？我現在馬上過去。』

詹倩雯點點頭，「好，我在書店等妳，快來！」

楊雅晴在兩點三分到了約定好的書局，詹倩雯看著她，發現她是一個人來時皺起眉，「小晴，一直跟著妳的那個人呢？」

楊雅晴看著詹倩雯，內心的一點不快緩緩升起，但還是耐著性子解釋：「羽田的手受傷，我讓她先回去休息了。」

詹倩雯皺眉抱怨，「她不是很愛跟，怎麼今天就不跟來？我有事情要找她耶！」

聽到她這樣說，楊雅晴心裡沉悶。

詹倩雯騙了自己，而且是從幼稚園騙到高中，這已經讓她很不舒服了，而今天她會來，只是念在同學的情誼，所以她快速地問：「怎麼了？妳那麼急著找我出來。」

「我剛剛遇到碟仙了！」

詹倩雯驚慌地把剛才在廁所遇到的事講出來。

「所以，碟仙根本就沒有停止，我們去簡介上的地點真的沒用，所以我才找妳們出來的！」

詹倩雯抓著楊雅晴，「那個叫羽田的不是很有辦法嗎？」

楊雅晴被她抓得兩手生疼，有點擔心詹倩雯的精神狀況，因為她的眼神讓楊雅晴很不安，「倩雯……」

她還沒說話就被打斷。

「楊雅晴，妳要負責，是妳同意要招碟仙的！」

楊雅晴皺起眉，直接拍掉詹倩雯的手，「詹倩雯，那是程雨冰要你們去的，不是我！而且妳朋友還在這裡，妳冷靜點！」

詹倩雯猶如炸毛的貓跳起來，「什麼朋友？這裡只有我！」

楊雅晴卻愣住，看著詹倩雯說：「不是啊，那個站在妳身後的不是妳朋友嗎？」

詹倩雯回過頭，陽光照射在騎樓的柱子上，曬出一條一條長方形陰影，但騎樓的陰影下什麼人都沒有！

楊雅晴立刻閉上嘴，轉身往路口走，詹倩雯也跟著她走。兩人在書局門口左轉，安靜地往前走。

下午兩點的街頭，陽光熾熱，兩人心裡卻像含了冰，感到毛骨悚然。

楊雅晴一直往前走，按理說這條路直走到底、在斑馬線前轉彎，就可以到熟悉的路口了。但兩人剛轉彎就傻眼了，眼前居然是剛剛出發的書局。

她們什麼時候繞了一圈？

楊雅晴看了看手錶，依然停在兩點三分，連時間都停止了。

「雅晴，我好怕。」

詹倩雯貼著楊雅晴。上一刻她還在怪罪楊雅晴，下一刻卻又依賴她的武力。

楊雅晴也害怕鬼打牆的狀況，但是詹倩雯怕成這樣，她天生的正義感讓她努力表現出不怕的樣子。

如果羽田在就好了。她忍不住想。

但是不行！我不能一直依靠羽田——楊雅晴甩甩頭，她決定再走一次，當兩人走到路口，一轉身，依然還在書局。

兩人對視時，在彼此眼裡看到同樣的恐慌。

「雅晴，怎麼辦？」詹倩雯哭了出來，她們走不出去！

「這應該只是幻境，不可能是真的。」楊雅晴感覺到有一種說不出的詭異，整個空間充斥著一股凝滯的氣氛。

正當兩人害怕著會出現什麼時，突然有人拍了詹倩雯，「小姐？小姐？」

楊雅晴聽到聲音嚇得轉過身，身後是一個穿著制服的女生。

「小姐，能請妳幫我跟我朋友拍照嗎？」

女孩友善地笑道，她背後還有兩個差不多長相跟衣著的女生，對她們靦腆地笑著。

「這……！」

這三個女生的出現緩和了兩人的焦慮跟緊張，或許這一切只是巧合而已。

「拜託啦～」

詹倩雯接過相機，回頭看了楊雅晴一眼，只能無奈地讓三個女孩站在騎樓下。但因為下面有一排機車，她只好往後退幾步，「這樣夠遠嗎？」

三個女孩聚在一起擺出拍照的姿勢，看到詹倩雯舉著相機站在走道邊緣，遞相機的女生不好意思地說：「要把我們三個都拍進去喔！可能要再後退一點……」

詹倩雯再後退幾步，但相機裡的畫面還是有點切到旁邊的女孩。詹倩雯調整了一下，才發現不曉得是誰把相機的鏡頭距離拉到最近了，因此要退很遠才能把三個人都塞進畫面。

嘖！詹倩雯不高興地低頭尋找調整鏡頭的按鍵，單眼相機就是麻煩！

當她在調整時，完全沒發現自己已經站到了馬路中央，一個巨大的黑影向詹倩雯駛來。

當卡車的影子籠罩在詹倩雯身上時，已經來不及了！

幸好楊雅晴的動作快，硬是伸手將她推到旁邊的人行道上。

「楊雅晴，妳幹什麼！」

詹倩雯還沒反應過來，她感覺自己摔到了人家的相機，萬一別人叫她賠怎麼辦？

而楊雅晴只看著已經開走的卡車，在巨大的喇叭聲中傳來司機的幾聲咒罵。

那三個女學生的身影卻變得很模糊，原本應該在對面的女學生們一臉不甘心地看著她們的身影說話，最後慢慢消失。

詹倩雯這時才反應過來，那三個女生根本不是人！

她看著揚長而去的卡車，又看向剛才拉自己的楊雅晴，只見她一臉慘白，似乎聽得到那些女生說話，因此詹倩雯問：「雅晴，她們說什麼？」

楊雅晴慘白著臉看著詹倩雯，「妳沒有聽到嗎？」

詹倩雯害怕地問：「她們說了什麼嗎？」

想到自己差點被卡車輾斃，又看到楊雅晴的表情非常不妙，她就感到非常恐懼。

楊雅晴面色發白地看著詹倩雯，說出自己聽到的話：「那幾個女生說，就差一點點。」

詹倩雯也渾身僵硬。

差一點點？什麼差一點？是她差一點就會被車撞死，她們就可以抓交替嗎？她驚慌地想。

突然，詹倩雯感覺手上震動了一下，她低下頭，馬上尖叫著把手上的「相機」丟掉——因為那不是什麼單眼相機，而是一個米白色的頭骨，兩個空空的眼眶看著她，似乎有話要說。

楊雅晴親眼看到詹倩雯將手上的東西一丟，那東西就沒入空中，既沒有聲響也沒有影子，恐怕不是這個世間的東西。

那她們還活著嗎？

除了剛剛那台卡車，這條路上還是一樣空寂。

兩人走回書局，書局卻拉下了鐵門，她們面面相覷，只能往前走，前面是一個公車站牌。

「現在怎麼辦？」

詹倩雯的表情驚恐。她剛剛差點死掉，現在精神非常緊繃，唯一讓她保持理智的就是楊雅晴還在她旁邊，那她應該還算活著吧？

「只能往前走了吧。」楊雅晴無奈地說。

「不要！我腳好痠！」

「不然要待在這裡嗎？」

「我……」

詹倩雯自己也說不出該怎麼辦，但是一直在原地走，讓她從害怕變成了生氣。這樣還不如直接死呢！她在心裡想。

叭——一陣喇叭聲傳來，詹倩雯嚇了一跳，她回頭看到一輛公車緩緩駛來。

車門緩緩打開，司機是一個有啤酒肚的男人，手上的對講機傳來嘰哩呱啦的聲音，像是一種無言的邀請。

詹倩雯想要上車，楊雅晴卻攔住她並搖頭，因為那個人可能是鬼。她以眼神示意。

可是他看起來很正常啊！詹倩雯也以眼神回應。

兩人在拉扯時，公車已經關上門，準備離開了。詹倩雯直接掙脫楊雅晴，往公車那邊跑。

楊雅情急喊：「倩雯！」

「小冰！」詹倩雯指著公車道，剛才她看到最後面的窗戶旁有一個熟悉的人影。

楊雅晴也跑過去看，赫然看到程雨冰呆滯地坐在公車裡。

兩人追公車的行為讓司機誤以為她要上車，因此公車又停下來，並打開車門。

詹倩雯上車後衝到程雨冰身邊，楊雅晴也跟上去。車門緩緩地關上，並開始行駛。

楊雅晴上前搖晃程雨冰的肩膀，「小冰！小冰！」

一會兒，程雨冰才像回過神一樣，驚慌地尖叫：「不要！是妳的錯！誰叫妳要勾引他！」

楊雅晴抓著程雨冰，「程雨冰，妳清醒點！」

程雨冰過了一會兒才冷靜下來，看看自己又看看窗外，「我在哪裡？」

「不知道，可是我們必須走了。」楊雅晴說完，按了下車鈴。

路上沒有任何阻攔，公車聽到下車鈴就讓她們下車了。

熟悉的道路上，卻沒有半個人，整個城市像是一座空城。

三人下了車，卻不知道該往哪個方向走。

「現在怎麼辦？」程雨冰皺著眉問。

詹倩雯跟楊雅晴不語，三人沉默了一會兒。

此時，楊雅晴突然想到第二次請碟仙的事情，她問：「小冰，我們不是約好要去簡介上的地點嗎？為什麼後來都聯絡不到妳？」

程雨冰只是茫然，「我不知道。」她看看四周，「我只記得自己在準備明天要穿的衣服，然後再回神……就是妳抓著我猛搖了。」

楊雅晴看著她茫然的臉，看來程雨冰也不知道到底發生了什麼事情。

她們似乎又回到了大街上，楊雅晴看著依然停在兩點三分的錶皺眉，如果羽田在就好了。

直到這時，楊雅晴才發現她非常依賴林羽田。她想起接通電話後林羽田不贊同的眼色，但林羽田還是沒有說什麼，只是把她的護身符塞進自己手裡。

『妳給我護身符，那妳呢？』楊雅晴問。

『我還有很多，而且我也約了人。』林羽田說。

休養一個星期，她的手好得差不多了，也差不多該去收債了。

『好吧，那我們晚點見。』

聽到林羽田有約，楊雅晴不禁有點失落，她壓抑住想詢問的慾望，準備出門。

『那個護身符只對我們有用，不能給別人。』林羽田忽然道。

當時，楊雅晴因為她說的「我們」而慌了心神，迷迷糊糊地點頭出門。

她回過神來，發現詹倩雯跟程雨冰都眼巴巴地看著她，只能打起精神。

她相信林羽田會等她的，因為她還要把護身符還給她。

似乎只能往前走了，三個女生商議後得出這個結論，決定照著公車的路線往前走，直到下一個公車站。

這個公車站剛好是終點站，座落在十字路口，占地非常大，卻依然一片安靜，沒有人聲。櫃臺、候車室都空蕩蕩，她們走到裡面後，發現買票口的旁邊有一道門。

只有打開門的選項了。楊雅晴上前轉開門，詹倩雯跟程雨冰都躲在她身後。

過了一會兒，沒有奇怪的東西跑出來，她們這才安心地走進房間。房間不大，只有四坪左右，放了一些桌椅，很普通的樣子。

這時，詹倩雯高聲尖叫，讓所有人的精神又緊繃起來。

「門打不開！」詹倩雯用力轉著喇叭鎖，門卻打不開。

程雨冰也像想到了什麼，衝上前推開詹倩雯，自己轉著門把，但不管是往內推還是往外推都一樣。

楊雅晴感到不妙，大喊：「讓開！」

兩人讓開，楊雅晴助跑幾步後跳起，一記重踹將門踹出悶響，卻連一點縫都沒打開。

空氣中瀰漫著驚慌不安，詹倩雯看著程雨冰跟楊雅晴，程雨冰則是看著門把，楊雅晴落地後也看著門上的腳印皺眉。

「雅晴，現在怎麼辦？」詹倩雯哭喪著臉問。

這時，房間突然竄出一股黑氣，將詹倩雯跟程雨冰籠罩起來。

「這兩個人，妳只能帶走一個。」

房間內，突然出現一個臉上帶血的女學生冷冷地說。

楊雅晴愣住，好一會兒才反應到這個女學生是在對她說話。

「一邊是童年好友，另一邊是高中同學，妳會選哪一個呢？」女學生低聲笑問。

隨著她的問話，詹倩雯跟程雨冰同時被拖入黑暗中，整個空間暗了下來。

這段過程太快了，快到楊雅晴來不及抓住她們，只能恨恨地搥牆。

大概過了十分鐘，兩人又被推出來，緊接著是女學生走出來，站在兩人中間看著楊雅晴。

這一次，楊雅晴總算能看清楚說話的人了。

面目平凡的女學生就是余曉妍，可怕的是她全身上下像被血淋過，身上微星高中的制服吸飽了血色，反而變成另一種顏色。

她的頭髮遮住了臉，但她的臉上也全是滴滴答答的血水，看起來可怕至極。

「我給妳一個機會，妳可以輪流跟她們說話。」余曉妍說。

余曉妍首先解開詹倩雯嘴上的黑霧。

「雅晴，我們是好朋友對不對？」

詹倩雯趕緊對楊雅晴大喊，想爭取自己的求生名額。

「……」

楊雅晴看著詹倩雯，又看向一旁的程雨冰，遲疑著。

「妳忘了妳上次被關在廁所，是我替妳找老師嗎？」詹倩雯又喊。

楊雅晴的眼神閃了閃。她還記得這件事，但此時提起這件事情的人，真的是詹倩雯嗎？她遲疑地看著詹倩雯。

詹倩雯又說，「是我救了妳，妳要聽我的！」

楊雅晴低著頭，似乎不願意再跟詹倩雯說什麼。

眼看那個女學生又要用黑霧摀住自己的嘴，詹倩雯又連忙說：「雅晴，妳忘記了嗎？是誰從倒數第二間廁所救妳出去的？」

楊雅晴卻把頭別開，低聲問：「倩雯，我一直有個疑問，那時候，我明明對班上說我是肚子痛，為什麼妳會知道我被惡作劇？」

詹倩雯的眼神飄向一旁的程雨冰，「是……我遠遠看到的，可是我不是故意不救妳的，我是先去找老師！」

「那妳怎麼知道，我被鎖在廁所的倒數第二間呢？」

楊雅晴還記得那時候她被關在廁所，因為樓梯附近的走廊都是木板，只有廁所是瓷磚，因此可以清楚知道誰進了廁所。

老師跟詹倩雯的腳步聲都只是踏著木板的聲音，代表他們沒有進廁所，那為什麼詹倩雯會知道她被關在哪間廁所？她明明沒有進去看啊！

「我……不是的，風紀，妳聽我說……」詹倩雯急著解釋，但黑霧已經摀住了她的嘴。

一旁的程雨冰在這時說：「雅晴，如果妳救我，我讓家人給妳十萬！」

楊雅晴看著她，滿臉震驚，程雨冰卻以為她嫌少，連忙說：「不然五十萬？」

楊雅晴看著程雨冰，以為她還是那個冰公主，覺得什麼都可以用錢、叫家人處理。

看到楊雅晴不信任的臉，程雨冰突然眼神一轉，可憐兮兮地看著她，「雅晴，其實我才是詹倩雯！」

一旁的詹倩雯卻掙扎起來。

「選一個吧！」余曉妍冷冷地說。

楊雅晴第一次有難以選擇的感覺。不管她救了哪一個人，她勢必都要背負害死另一個人的罪惡感，面對往後的人生。

但是余曉妍虎視眈眈，彷彿她再不選擇，就打算兩個人都帶走。

面對有血有肉的人類，她還可以憑空手道抵抗，但面對靈異，她一點都沒辦法。

楊雅晴深吸一口氣，踏出她選擇的第一步。

她走到程雨冰面前，一旁的詹倩雯激烈掙扎，看著她的眼神帶著懇求。

而楊雅晴看著程雨冰熱切的眼神，說：「小冰，抱歉。」

說完，她牽著詹倩雯就轉身，順利拉開門後兩人拔腿就跑。

只有余曉妍在她經過時，冷聲在耳邊說：「這是最後的警告，妳最好不要再多管閒事。」

楊雅晴跟詹倩雯兩人拚命往前跑，眼前終於出現一道白光。兩人邁動雙腿跑著，直到終於穿越了白光。

經過一陣刺眼的光線，她們被眼前陽光的熱度曬得有點發昏，但是人聲鼎沸的街道、馬路上公車排出來的廢氣，居然這麼讓人欣喜。

——我們終於逃出來了！

突然，有隻手從楊雅晴的身後拍她，讓她驚跳起來，「是誰？」

楊雅晴轉身一看，發現拍她的人是林羽田。

林羽田皺著眉看著眼前的兩人。楊雅晴跟詹倩雯喘著氣，似乎剛從什麼地方跑過來，但兩人身上的氣息很不妙，林羽田一靠近就覺得陰氣逼人。

「妳們剛剛去了哪裡？」林羽田問。

剛剛她也遇到了一點事情，但是現在，她比較在意楊雅晴身上的陰氣。

一旁發現已經安全了的詹倩雯撥撥頭髮，撿起地上的手機優雅地說，「我還有事。」

說完就轉身離開了。

楊雅晴還想上前跟她說什麼，卻被林羽田拉住。直到詹倩雯離開，林羽田才開口：「剛剛那是誰？」

「倩雯啊！」楊雅晴說完也覺得奇怪，她剛剛不是還要找羽田嗎？

林羽田皺起眉：「不對……不太對，妳剛剛遇到了什麼？」

詹倩雯的個性是這樣的嗎？

但還沒等楊雅晴說什麼，詹倩雯已經搭上公車離開了。

楊雅晴眼看無法追上去，只好先把事情的經過交代一遍。

※

詹倩雯搭上公車後，不是回到自己家，而是走到程雨冰的租屋處，熟練地從信箱後面摸出鑰匙開門。

關上門，詹倩雯熟練地脫衣洗澡。看著鏡子裡的臉，她卻開心地笑了。

因為此時的詹倩雯，就是程雨冰。

她回想起剛剛發生的事。兩人被黑霧帶到一個空間裡後，那團黑霧就消失了。眼前是一個正方形的空間，只有一張桌子，上面放著一張白紙，紙上打了一行字，旁邊還有一個小碟子。

兩人走近一看，看來是要讓她們做出選擇。

『**是否要交換身體？是，否。**』

小碟子壓在紙上，似乎是要她們選擇後，一起把碟子移到其中一個字上。

兩個女生臉上都有同樣的驚慌，正不知道該怎麼做時，詹倩雯手上的手機卻響了。

詹倩雯瞥了一眼，馬上蓋上手機。安靜幾秒後，她突然開口提議：

「小冰，我們交換身體好嗎？」

程雨冰看著詹倩雯怒斥：「妳瘋了？」她是沒有腦子嗎？怎麼能輕易答應交換身體這種事？

詹倩雯皺眉，她不喜歡程雨冰的眼神，但是度過眼前的難關才是最重要的，她細細分析：「不是，妳想一下，妳的身體如果出去了，我們再用招魂，把妳的魂魄招回身體不就好了？」

「那妳呢？沒有身體，難道我要跟妳共用？」程雨冰冷笑，當我是傻子嗎？

「身體可以再找啊！我姑姑就是巫師，我可以請她幫我找身體，我記得生靈是可以這樣借屍還魂的。」詹倩雯說著，但她的眼神閃爍，似乎別有算計。

程雨冰不語，這個提議有明顯的不妥，但是現在似乎沒有其它方法了。碟子要兩人一起把手放在上面才能移動，萬一意見相左，詹倩雯故意搗蛋，那她根本沒辦法選擇，最糟糕的結果就是兩人都在這裡同歸於盡。

看到程雨冰不語，詹倩雯更用力勸：「妳要我們兩個都困在這邊嗎？」

這句話戳中了程雨冰的擔憂，但她是天之嬌女，怎麼可能隨便任人擺布。

她反問：「不然呢？」

「生魂離體太久的話，到時候身體的生機死了，我們就誰都別想活了。」詹倩雯低聲說，然後抬頭看著程雨冰，「小冰，妳從我們約好要見面後消失很多天了，頭七前妳必須要回去，我還有幾天可以等妳們招魂。」

聽到這番話，程雨冰驚慌起來，皺眉看著那張紙，「讓我想一下。」

詹倩雯又勸：「如果不換，妳覺得楊雅晴會選誰？這很明顯吧？」

程雨冰用腳趾想也知道，楊雅晴對詹倩雯一直多有照顧，當然會選詹倩雯。這樣一想，或許詹倩雯的提議不錯？

她不知道詹倩雯跟楊雅晴吵架了。

程雨冰打量著詹倩雯。她把這種大好機會讓給自己，有什麼目的？她們從高中就認識，詹倩雯可不是水玉秀那種天使，善良得希望誰都和平喜樂。相反的，詹倩雯是無利不早起的人，如果她要換身體，一定有原因！

可是楊雅晴是一個變數。程雨冰看著詹倩雯。

最近幾次見面，詹倩雯似乎跟楊雅晴鬧得很不愉快，是因為那個叫林羽田的女生嗎？

只是一群無聊的拉子在那邊鬧，程雨冰不屑地想。

這時，桌上的碟子自己動了，來不及細想，詹倩雯跟程雨冰已經將手指放上碟子了。

只是暈眩了一下，程雨冰就發現自己像在照鏡子，看著對面的自己——她真的成了詹倩雯，詹倩雯也成了她，她們交換了身體！

程雨冰低下頭，兩人的手從碟子上移開。那個「是」字很刺眼，因為那代表她們都同意這次荒謬的交換。

在她思考時，黑霧又襲罩上來。等黑霧再散去，她跟詹倩雯就回到公車站的房間裡了，只是嘴被黑霧罩住，無法發出聲音。

最後楊雅晴選擇了自己。當時看到楊雅晴走向自己的身體，程雨冰還是有一絲驚慌，幸好楊雅晴還是選擇了詹倩雯的身體。

想到離開時詹倩雯臉上的不可置信，她就想笑。果然如她所猜測，詹倩雯跟楊雅晴鬧翻了，她才會提出這種大膽又危險的提議。

不過詹倩雯想算計她還是太嫩了，她還是比詹倩雯更會看人，她知道楊雅晴就是那種心腸軟又念舊的濫好人。而且，她之所以看穿了詹倩雯的假好心卻沒有拆穿，就是知道詹倩雯以為兩人互換身體後，可以靠財力誘使楊雅晴選擇程雨冰，殊不知楊雅晴根本就是戀愛腦，畢竟高中時就能看出她喜歡同性。

楊雅晴還是選了外表是詹倩雯的自己，卻不知裡面的靈魂早已掉包！

「詹倩雯，我說過，得罪我的人不會有好下場。」程雨冰看著鏡子冷笑。

她看著鏡子裡的這張臉，雖然不如原來的，但是保養一下還是可用的，正好她也想擺脫往事的糾纏。程雨冰對著鏡子裡陌生的臉孔微笑。

現在麻煩的是要將證件照片換掉，還有家人那邊的問題，不過那也是以後的事情了。

※

在楊雅晴離開的這段時間，林羽田沒有閒著，關於余曉妍的調查沒有多少收穫，即便有日記，也是一些她早就知道的事情，因此她又把那天跟楊雅晴去勘查現場的筆記拿出來看。

余曉妍身邊的霸凌六人組最近情況如何？她一一回想並記錄上去。

陳滿華死了，張清華則是癱瘓，水玉秀、程雨冰都沒有消息，詹倩雯剛打電話來找楊雅晴，恐怕也遭殃了，剩下的只有周一文。

嗡——震動的聲音傳來，是她的手機，林羽田拿起手機來看。

來電顯示是周一文。

會接到他的電話，林羽田並不意外。因為周一文在那次旅途中被蠱惑、打了她，之後就一直想方設法地要跟她道歉，但令她意外的是見面的地點，居然選在他就讀大學的操場？

林羽田來到周一文就讀的大學操場，今天她穿著七分褲、T恤，外面罩了粉色運動外套，綁著鬆軟的辮子，看起來像親切的鄰家女孩，可惜她的表情冷得像冬天。

她的眼神轉動，尋找周一文的位置。

嗶——

刺耳的哨聲響起，一旁的教練對空鳴槍，幾個大男生迅速起跑衝刺。跑在最前面的，就是約她見面的周一文。

林羽田站在操場邊等他跑完，一邊神遊想著最近的運動趣聞。

目前短跑最快的紀錄持有者是有「牙買加閃電」之稱的的尤塞恩・聖李奧・波特，最快的紀錄是二〇〇九年八月十六日，在柏林跑出的九秒五八最快；台灣則有「阿美族飛毛腿」的楊俊瀚，以十秒二二為最。

因此短跑的開始與結束，幾乎是在一瞬間。

周一文已經跑向了終點，一旁的教練一一記錄每個選手的成績。

林羽田打量著周一文，說實話，周一文的外表確實不錯，運動讓他身材健壯、身高又高，臉上也沒有痘痘。他很注重個人形象，因此輕鬆地榮獲了校草頭銜，校內有女生追捧也是常事。

像現在就有幾個女生在旁邊虎視眈眈，等到教練宣布休息，她們就尖叫著湧上前，遞上毛巾跟水壺。

大學正是修戀愛學分的時期，運動厲害的男生自然會有一點小明星的氣勢，畢竟跟那些整天坐著打電動、面色蒼白的男同學相比，周一文真的優秀很多，難怪會有許多女生著迷地看著他。

但那些人都不會是林羽田，她只是靜靜地看著周一文宛如明星似的穿過人群，來跟她打招呼。

「嗨！沒想到妳真的會來！」周一文微笑，看著林羽田的裝扮在心裡點頭，果然美女穿什麼都好看。

林羽田則在心裡冷笑。講得好像她有公主病、很難約的樣子，周圍的女生聽到後會直接把她當情敵吧，如果眼光能殺人，她可能會被這些粉絲殺死！

若不是他也是厲鬼的復仇對象，林羽田根本懶得過來。但想歸想，林羽田還是擺出甜美的笑，「是啊！畢竟你是程雨冰的男友嘛！」

聽完楊雅晴的敘述，她就猜到了周一文跟程雨冰的關係。

周一文愣了一下，但他還是排開眾人，走到林羽田面前，誠懇地看著她，「妳是不是誤會什麼了？」

但他的內心閃過驚訝，林羽田是怎麼知道的？

林羽田看了他的胸口一眼。難怪這一路過來他都沒事，因為周一文戴著護身符，不過已經快堅持不住了吧！畢竟祖宗的庇祐也抵不過不肖子孫找死。

「我想問你一些事情。」林羽田開門見山地說。

這時，背後的教練吹哨，要開始第二輪的訓練。周一文微笑，「抱歉，等我一下好嗎？」

林羽田點點頭，看著周一文又回到操場上。

看著他的背影，林羽田思考著愛妮莎傳給她的資料。周一文的家境其實並不好，有個長期酗酒又有家暴前科的父親，以及懦弱的母親，使他個性衝動，會攀附有錢人，如張清華和程雨冰。不過他在體育方面的成績非常亮眼，能讓他領到全額獎學金，真的不錯，好好包裝說不定是一段佳話，貧窮子弟奮發向上，在體育界創下佳績之類的。

可惜他不該踏過界線，尤其是身為人的道德界線。

想到那張裸照，林羽田就絲毫不覺得眼前這個人是男朋友的人選。他在體育方面的努力訓練還是掙扎，都與林羽田無關，只是在復仇者的眼中，那些體力跟成績都是傷害她的凶器。

林羽田看著手機上的資料沉思，名單上的人或多或少都遇過了災難，只有周一文還沒，或是有其它原因而擋下來了，但林羽田覺得只是還沒遇到。

現在的周一文應該就是凶手的目標，只是不知道何時會出現而已，林羽田將視線投向站在跑道上的周一文。

周一文站在起跑線上，最近他的成績意外順利，短跑從十二秒進步到十秒，雖然也有風力的關係，但教練也肯定他再努力一點，說不定有機會代表國家參加國際性比賽。

「預備。」

教練喊，所有選手就起跑姿勢預備。

砰！

一聲槍響，所有人如猛虎出閘，目標是要衝向終點線。

周一文也努力拉開步伐往前跑，他能感覺到自己的肌肉在拉扯，身體很熱、汗水跟心跳的劇烈脈動。跑步的時候，他可以心無旁騖地只專注在目標上，不會有人來打擾……

「你在玩什麼？」一個熟悉又討厭的聲音突然在他背後響起。

是誰在說話？

周一文回頭一看，竟然是他的爸爸出現在操場上，還提著他最怕的棍子要追打他！

這個畫面是如此熟悉，幾乎是他小時候的噩夢。他總是拚命往前跑，想逃掉那股疼痛跟毆打。

「小文，媽媽好痛！」

一隻女性的手搭在他的肩膀上。那佈滿菸疤跟燙傷的手像一種指控，周一文心虛地閃過那隻要攔住自己的手，拚命往前跑，想甩開這一切。

「小文……你為什麼拋下媽媽？」

媽媽的指責如鬼魅般幽暗，在他的耳邊響起，帶來童年的痛苦記憶。

「靠！跑什麼跑！」

爸爸生氣的聲音、棍子拖在地板上刺耳的磕撞聲讓他背後發寒。

「跑！小文，快跑！」媽媽的聲音說完，接著是慘叫聲：「啊！好痛！」

周一文拚命地跑！不停往前跑！

「再快一點！只要跑出去就安全了。」有個聲音在他耳邊說。

他運足力氣，不停往前衝。

「要跑去哪裡？」周一文問。

眼前的景象早已不是什麼操場，而是小時候家門外的巷口，記憶中的柏油路跟昏黃的路燈、家家戶戶的燈光跟飯菜香，但他的目標只有一個！

就是跑過巷口的路燈，只要跑到那個距離，他就安全了！

「只要跑到巷口，你就安全了。」那個聲音回答。

周一文記得只要跑到巷口，爸爸就追不到了，他就不會打自己了！

「死囡仔！別跑！」

爸爸怒吼的聲音從後面追了上來！周一文只能拚命地跑，再幾步就要到前面巷口的路燈了！只要跑過去，爸爸追不到他，自然就會回去。雖然媽媽會被打，但是沒關係，媽媽說過會保護自己，媽媽的言行深深地印在他的心中——女人就是拿來保護自己的、拿來爽的，必要的時候女人挨打都是活該。

——因為不聽話就該打啊！

周一文聽到自己內心深處的聲音說。

他不太能分辨這是自己說的，還是爸爸說的，他只知道要不停地跑才能活命。

一直跑一直跑，再幾步就能跑到巷子口了！

然而此時，林羽田看到的畫面卻是截然不同的畫面。

一般的操場上短跑賽道都是一直線的，因此從空中俯視可以看到操場像一個小寫的q。

周一文原本應該直線跑到終點，但他卻像是看到了什麼，或者說，像是有人追在他身後一樣切換賽道，跑到旁邊八百公尺的跑道上！

林羽田看著周一文的身影皺起眉。

情況不對勁，他的影子比旁人的還要暗幾分！

剛剛所有人都往眼前的終點衝刺時，周一文的表情很正常也跑得最快，但這次他沒有衝到終點，而是順著操場的外圍跑了起來！

「周一文！」教練吼道：「你在玩什麼？」

周一文聽到教練的聲音，反而更害怕教練，更加把勁地往前跑。

「周一文！」

林羽田發現周一文已經跑了整整一圈的操場！

當周一文快要跑到林羽田面前時，她直接跑到賽道上，要攔住周一文，但周一文看到她竟然像看到了什麼令他害怕的人，閃過林羽田後繼續往前跑！

林羽田注意到他的眼神空洞，應該因為運動而紅潤的臉色有著一抹蒼白。

他又跑了一圈，經過林羽田面前時，林羽田聽到他在自言自語。

「要跑去哪裡？」周一文喃喃地問，然後自問自答：「只要跑到巷口就好……」

就像後面有人在追一樣，他跑得更快更猛了。

周一文的表現很不對勁，在場的教練跟選手都在看他。

短跑注重的是爆發力，會在短時間內將肌肉拉扯到最極限，但是堅持十幾秒就會停下來，讓身體舒緩。如果肌肉一直猛烈收縮，等超過了肌肉本身的負擔能力，可能會引發壓力性骨折。

而周一文從一開始就是用盡最大的力氣跑，速度直到現在完全沒有慢下來！

教練擔心地要上前去攔他，但周一文像瘋了一樣，看到教練就像看到鬼，一臉害怕地拚命往前跑。

最後在他倒下前的那一秒，大家都看到周一文的腿像黏土一樣癱軟地歪向前，然後他就摔倒了！

他的身體果然因為無法負擔，產生了壓力性骨折。

教練跟幾個選手衝了過去，但是周一文仍驚恐地看著眼前的教練，「不要！不要過來！」

他拖著斷腿，依舊蹣跚地往前跑，最後是教練命令其他選手撲在他身上，硬把他壓制住才將不斷扭動的他送到護理室。

林羽田跟在後面想走上前去，但是有許多人圍上去，她沒辦法上前，只能眼睜睜地看著周一文被送上救護車，而他的臉上似乎罩著一層綠光。

看來余曉妍已經動手了。林羽田心想，她只能先退出去。

經過人群時，剛剛那群送毛巾的女生中，其中一人撞了林羽田一下，並在她的耳邊說：「少管閒事！」

「妳想要怎樣？」林羽田冷聲問。

「我要他們生不如死！」

那個女生說完就跑向護理室，林羽田轉身抓住她，但那個女生回過頭看來時，卻像是絲毫不認識她。

不是她！林羽田放開手。剛才恐怕只是余曉妍借了那個女生的身體開口警告她。

救護車送走了周一文，但林羽田無法得知周一文被送到哪間醫院，只能回去用愛妮莎的資訊網查了。

※

聽完林羽田探訪周一文的過程，楊雅晴有種頭更痛的感覺。

余曉似乎已經報復了每一個傷害過她的人，可是這件事情會到此為止嗎？

她們對看時，林羽田先開口：「雅晴，妳先來睡我家好了，這幾天最好不要亂跑。」

林羽田想到自己跟楊雅晴都收到了來自余曉妍的警告，恐怕這些事情都只是開端，余曉妍還想更進一步，但是她不希望楊雅晴再摻和進來了！她暗自思考著有什麼理由可以讓楊雅晴待在調查中心。

至於楊雅晴也同意與林羽田同住的提議。她最近真的怕了，余曉妍到底想要什麼？為什麼她好像沒有停手的打算？而且在她的背後還有一個人，那個人教余曉妍殺人跟自殺，那接下來呢？

這時，她才真正瞭解林羽田會來找自己的原因，還有她所說的咒術影響——她們可能從同學會開始就被下咒了，雖然不知道對方是誰，但楊雅晴有種不祥的感覺，總覺得這件事情不會這麼快就結束！

兩人回到林羽田家，楊雅晴把自己的被子跟換洗衣物都拿了過來。

兩個女生同住並不如她想像的不方便，雙方都很自制。要碰對方的東西都會先說一聲、分配好家務，同住似乎沒有這麼難。

楊雅晴分神滑著手機等洗澡，而林羽田剛洗好澡，圍著浴巾出來。

「雅晴，換妳了。」林羽田說。

她雪白的手握著浴巾，頭上披著毛巾，頭髮還滴著水。

好香豔的景象，連自己是女生都有點想撲上去了，楊雅晴想。

但在看到林羽田自在地走進房間、背對自己時，那爬滿疤痕的背露了出來，又讓她嚇到。

楊雅晴呆呆地拿衣服去洗澡。走進熱氣蒸騰的浴室，林羽田的味道還留在這個空間裡，她有些著迷地想，她剛才看到了林羽田的手、鎖骨，然後馬上甩頭！

——天啊！我在想什麼！

她快速洗好澡，換好衣服走出浴室時，林羽田已經穿好衣服了。她的頭髮還滴著水，卻已經開始玩遊戲了。

楊雅晴走上前，拿起吹風機，「羽田，我用吹風機喔！」

林羽田著迷地按著鍵盤好一會兒才開口：「嗯，好！」

楊雅晴都吹完頭髮了，林羽田還是看著螢幕看得入迷。楊雅晴乾脆走到她身後，「羽田，我幫妳吹頭髮喔！」

林羽田還是維持剛剛的姿勢點頭，「嗯，好！」

楊雅晴敢肯定她絕對沒在聽。

她走過去拿下林羽田的浴巾，打開吹風機替她吹頭髮。

過了一會兒林羽田才反應過來，「什麼？啊！我自己吹就好！」一臉害羞地要搶走楊雅晴手上的吹風機。

「別搶，會燙到！我吹就好，妳剛剛答應我的！」

林羽田停下動作，聽著吹風機的嗡嗡聲，一股熱風吹在頭上，似乎連臉都被吹得熱紅。

一直以來，她習慣了凡事自己來，通常都是一邊玩遊戲一邊等頭髮自然乾。這是她第一次讓別人吹頭髮，楊雅晴的手輕柔地放在她的頭上撥動頭髮時，髮梢的震動像震到了心裡，有種說不出的曖昧充斥著整個房間。

直到楊雅晴吹完頭髮，拔下插頭，林羽田才發現已經吹完了。

她有些不好意思地道謝：「謝謝。」

「不會。」楊雅晴爽朗地笑答，感興趣地看著林羽田轉移話題：「妳在玩什麼遊戲？」

「就是一般的網路遊戲。」

兩人各忙各的，直到關燈歇息。兩人躺在同一張床上，在黑暗中，楊雅晴發覺林羽田的鼻息還是很輕，或許還沒睡著？

「羽田？」

她試探性地小聲喊了一聲，另一邊的林羽田嗯了一聲。她果然還沒睡。

楊雅晴好奇地問：「妳背上的疤痕是怎麼來的？」

話一問出口，楊雅晴就後悔了。這世上有哪個女生不愛漂亮，她怎麼能亂揭別人的傷疤！

林羽田摸摸自己的後頸，思考著該不該讓她知道。

「抱歉，我不是故意……」

「妳想知道嗎？」林羽田在她要收回話題時開口。

「……可以嗎？」

林羽田遲疑了一下，才開口：「妳會覺得很噁心嗎？」

楊雅晴搖頭，因為在黑暗中，她放心地開口：「不會，那應該是很嚴重的傷吧？」

「我小時候曾經擅自替別人改運，所以受到了懲罰。」林羽田低聲說：「挨了天雷。」

這是在警告她不該做這件事，她也因此學會不該干涉別人的人生。

楊雅晴單純好奇地問：「很痛吧？」

「痛是還好，誰叫我做錯事了……」林羽田像想到了什麼，低聲說：「受罰是應該的。」

楊雅晴不知道該說什麼，只覺得林羽田似乎很哀傷。

她轉過身看著林羽田的背影，遲疑了一會兒，最後還是只能說：「晚安，羽田。」

「晚安。」

林羽田的聲音依舊冷靜，似乎也沒有想聊天的意思。

兩人隨著時間，進入夢鄉。

※

早上醒來時，楊雅晴睡得很沉，林羽田看著她的睡臉，用指尖點了點她的臉蛋，過一會兒才離開床去整理。

直到林羽田穿好衣服、走出房門，楊雅晴才睜開眼。她看著林羽田的位置，有些發愣，過一會兒才想到今天是星期日，不用去調查中心。她也整理好儀容，說要先回自己家煮東西，林羽田則坐在電腦面前跟愛妮莎視訊。

「大概的資料就是這樣，已經傳過去了。」林羽田隔著螢幕吩咐愛妮莎。

關掉電腦時，楊雅晴還沒過來。林羽田翻看自己的筆記本，最後從簿子後面拿出一張護貝過的照片。

照片上，兩個穿著幼稚園背心的女孩笑得很開心，一個是她，一個是楊雅晴。

她還記得剛進入幼稚園，她經過舞蹈教室的大片鏡子前時，看到了自己嚴肅的表情。那是從小到大看慣的臉。

她身負著家族的使命，即便她只是備選，真正的下一代當家人是她的哥哥，但她也接受著成為當家的訓練，可以解決許多同齡人不能解決的問題。這讓她深感驕傲，可是過多的訓練及責任讓她不曉得該怎麼笑，因此進幼稚園時，嚴肅的表情嚇走了好多人，沒有人願意跟她當朋友。

只有楊雅晴。

她有著一雙彷彿帶有星點的眼睛，看著自己露出甜甜的笑容。

那一刻，林羽田心裡有種花開的悸動，輕微的喜歡在心間綻放，讓她想跟楊雅晴成為朋友。

原來有朋友的滋味是這麼好。她們會分享所有的話題、點心跟玩具，聊著彼此的困擾。

還是孩子的她們似懂非懂，只覺得很開心有人願意和自己玩。

但越是相處，林羽田越清楚對自己而言，楊雅晴跟其他的同學不同。那種感覺說不出來，但就是有明顯的差異。

當楊雅晴說想要當誰的新娘卻被拒絕時，她居然有點高興，甚至主動跟老師說楊雅晴是她的新娘。老師當然也只當那是童言稚語，但這個童年約定林羽田卻放進了心底，因此她做了最糟糕的一件事——她利用自己的家學改了楊雅晴的名字，擅自動了她的運數。

她沒救過苦難眾生的大德，也沒有可以感動天地的至孝。簡單來說，她要求楊雅晴改名的行為就像吃了東西卻沒錢付，沒有付出代價就想修改別人的運數並不符合天地的規則，因此天空降下雷鳴，而冥府給予她的懲罰就是到調查中心協助特林沙，直到彌補完過錯。

她看著照片裡兩個女孩手上的吊飾，又將自己的護身符拿出來。那對吊飾是具有強大靈力的水晶，是第一件她自己製作的法器，也是她跟楊雅晴的信物。

雖然她算到了自己會受到天罰，卻沒有算到楊雅晴的失憶。楊雅晴在那之後忘了她，詹倩雯又偷拿走信物，才會發生楊雅晴誤會詹倩雯是摯友的事。

林羽田看著這串手鍊沉思一會兒，最後還是選擇用冷漠武裝自己。

門口響起一陣敲門聲。

「羽田……那個……妳要不要一起吃早餐？」楊雅晴在門口說。

林羽田按下對講機，「等我兩分鐘。」

她告訴自己，再相處一段時間，到時候她應該就可以忘記楊雅晴了。

她把照片夾進筆記本。

等這個案子結束，她就應該割捨了。她孤獨了這麼久，站在太陽般的哥哥身後就如同影子，模仿著哥哥的所有動作，在家族裡，她雖然與有榮焉卻深感寂寞，感情上沒有可以相依的人。

她也想要一個屬於自己的人，但想要並不等於需要，對吧？

林羽田看著鏡子裡的自己，然後走出去對楊雅晴笑道，「有等很久嗎？」

「不會。」楊雅晴看著她說。

「走吧，我餓了。」

兩人肩並肩，走向楊雅晴家。

第九章 通緝

兩人吃完飯後一起看影片，之後聊著天、玩遊戲、看書，不知不覺就到了深夜十一點多，是該睡的時間了，可是楊雅晴還是捨不得。

「抱歉……妳會不會覺得我很吵？」楊雅晴問。

林羽田搖頭，「不會，滿有趣的。」

這時，她的手機傳來震動，愛妮莎傳來的訊息只有短短一行字及幾份檔案。

『冥府通緝陳子泉。』

林羽田看到通緝令的批准人欄位上，居然不是冥府長官的名字，而是特林沙。

其實在楊雅晴整理名單時，林羽田就隱約有預感。畢竟陳子泉的存在太奇怪了，既不屬於六人組，也不是余曉妍的好友，卻一直在這個事件之中。

網路上有一種理論是凶手會回到凶案現場，原因是想觀察或欣賞群眾對自己行為的反應。

林羽田皺著眉點開訊息裡的附件，裡面有陳子泉的出生證明、個人資料，甚至還有他的社群紀錄備份。

當她瀏覽完所有檔案，時間也過了十分鐘。

楊雅晴探頭過來正想說話，林羽田卻先開口：「雅晴，有緊急任務！」

「緊急任務？」

「先上車再說。」

兩人坐上林羽田的車。楊雅晴坐在副駕駛座上，聽著林羽田一邊開車一邊解釋。

剛才收到的資料是林羽田之前跟愛妮莎申請調閱的，因為她把余曉妍命案的關鍵人設定為陳子泉。

他不斷地出現這起碟仙事件中，畢竟是由他提議要玩碟仙的，之後更主動說要開車去走訪簡介上的地點。他在這之中，都巧妙地站在掌控者的位置。

而且從之前在車上跟他的對話，林羽田可以肯定陳子泉知道余曉妍在哪裡，甚至可以說——他控制著余曉妍。

林羽田開始比對之前看過的余曉妍的日記。

在被霸凌前，她是一個很普通的女生，煩惱著課業、青春痘等芝麻蒜皮的小事，有愛她母親和稍微嚴厲的父親，整體來說是很幸福的小家庭。

至於陳子泉，他的父親據說已經身亡，母親待業在家，家庭的經濟狀況成謎。除此之外沒有其他相關資料，但是戶政事務所那邊的資料上顯示他父親是失蹤，而非身亡。另外，高中時他在圖書館借閱的資料中，有許多與汽修相關的資料，也對應了余曉妍被催眠後，居然會鬆開汽車的剎車螺絲的疑點。

而在旅社的頂樓上，林羽田傳訊息到群組後，他也是最後一個到的。或許那時候，他正在操縱余曉妍，要讓楊雅晴墜樓。

所有事都理順了──陳子泉就是幕後主使！

楊雅晴聽著林羽田解釋，卻聽得一愣一愣的，而且林羽田居然注意到了那麼多細節！

「但是水玉秀呢？參加完同學會，她就沒有出現了。」楊雅晴問。

「她一開始就出事了。」林羽田說：「把左邊那個藍色袋子打開。」

楊雅晴拿起一個藍色牛皮紙袋，裡面赫然是水玉秀的發現報告！

她的家人在同學會隔天就通報失蹤，在山裡找到水玉秀時已經過了兩週，據說發現的人是去採竹筍時，才發現水玉秀一個人坐在竹林裡痴痴地笑。那個狀態像被魔神仔牽走了，回家後，她甚至會攻擊家人、亂跑，肚子餓了就去摘樹葉吃，如果拿食物給她，會被她打翻後踐踏。

而且她一直大喊：「老師來了、老師來了！」這或許是在報復她替程雨冰他們把風。

最後才帶回家幾天，在家屬的同意下，水玉秀就被送到精神病院，被判定是重度精神疾病，無法自理，而這份報告的審核日竟然是昨天！

楊雅晴看完後沉默許久。這六個人都輪流欺負過余曉妍，陳滿華說不定是最幸福的，至少他直接死亡到了另一個世界，其他如張清華、周一文、程雨冰都沒有太好的下場，就連詹倩雯，似乎也辭掉了工作，整天足不出戶。

這樣真的是對嗎？楊雅晴心想。

但他們都不是余曉妍，誰又能體會余曉妍的恨跟痛呢？

「利刃割體痕易合，惡語傷人恨難消。」林羽田幽幽地說。

「妳剛剛說什麼？」楊雅晴看著林羽田，不懂她怎麼突然背起唐詩了？

「我們不用管余曉妍做的是對還是錯，重點在於不管是我們還是陳子泉，都沒有評判余曉妍的資格。她心裡的恨意跟報復，是她的選擇。」

要她不管對或錯？楊雅晴不想認同，但經歷過這一趟旅程後，她突然無法反駁或許這才是正確的決定吧。

「那現在我們要去哪裡？」楊雅晴看著林羽田問。

「車站，陳子泉似乎要離開這裡了，我們必須把他抓回來。」

兩人來到車站，幾乎剛停好車就看到陳子泉一身大學生的打扮，揹著大包小包，正在買票。

楊雅晴跟林羽田都跑過去。

「陳子泉！」

楊雅晴生氣地大喊，想抓住陳子泉問他為什麼要害余曉妍，但是陳子泉一聽到她的聲音，馬上拔腿就跑！

幾人就這樣追進了地下道。

車站的地下道有許多分支，陳子泉熟門熟路地鑽進其中一條。楊雅晴跟林羽田也追了過去，但跑著跑著，楊雅晴開始感覺不對勁。她也曾來過這個車站幾次，為什麼不記得這裡有這麼長的地下道呢？

她突然停下腳步，一旁的林羽田又跑了幾步才停下來看著她。

「不對！這條地下道……沒有這麼長……」楊雅晴喘著氣說。

下一秒，林羽田反射性地拉著楊雅晴靠上牆。

剛靠到牆上，一支箭擦身而過——

她們看向箭射過來的方向，發現是陳子泉氣喘吁吁地拿著十字弓，對著她們。

「陳子泉！」楊雅晴氣急敗壞地大喊。

陳子泉只是無畏地一笑，從包包裡掏出一個東西並丟過來，然後趁機轉身跑走！

楊雅晴想追，但是陳子泉丟出來的東西掉在地上後碎裂。那是一個泡功夫茶的小茶杯，上面的紅封已經破裂了！

在林羽田眼裡，那只是個普通的茶杯，但在楊雅晴眼裡卻不是！

她看到巨大的煙氣從茶杯裡冒出來，如果不是形狀不對，楊雅晴差點就以為是煙霧彈了。

煙霧中，似乎有什麼不祥的東西藉著煙霧的掩護，逐漸靠近她們。

「跑！」

楊雅晴大喊一聲，拉著林羽田往反方向跑！

看到楊雅晴的反應跟眼神，林羽田被拉著跑了幾步就會意過來，跨大幾步超過楊雅晴，拉著她往地下道的出口去。

她記得剛下車時是下午六點多，黃昏時刻就是逢魔時刻，如果被困在這個長年不見陽光的地下道，恐怕會有不好的事情發生。

而且隨著他們奔跑，應該越來越熱的身體，卻能感覺到背後越來越冰冷。

林羽田拚命往前跑，楊雅晴被她拉著，感覺自己幾乎是腳不點地地往前跑。但儘管她們速度這麼快，背後的壓力還是不斷襲來。

眼看就要跑出隧道，楊雅晴能明顯感覺到背後的壓力也更巨大。

——不准……逃！

楊雅晴幾乎能聽到背後有一個低沉的聲音說。

林羽田卻沒有任何遲疑，依然踩著樓梯上去，在即將跑出去的剎那，出口突然出現一個黑色的男人撲向她們，「誰都別想走！」

不知何時，林羽田又拿出那把黑色的弓。她單手拉弓一畫，瞬間就將那個男人劈成了兩半。

她們衝上樓梯，楊雅晴能感覺到背後的壓力越來越用力地拉著自己。在最後的三階，她幾乎以為自己是在水泥裡行走！腳步傳來可怕的重量，但是楊雅晴依然沒有放棄，直到她要踏上最後一階階梯，忽然一陣黑霧捲住了她的腳。

會被拖走！楊雅晴想，或許這就是她的終末。

但林羽田突然用力一拉，轉身向後跌去。她運用反作用力，硬是將楊雅晴甩出了地下道，讓自己被那群黑霧裹住，沒入黑暗之中！

「羽田！」

楊雅晴只能眼睜睜地看著林羽田消失在自己眼前！整個隧道被黑霧團團襲罩住，強烈又不祥的感覺也讓她害怕。

林羽田會死掉嗎？

她被甩坐在地上，膝蓋都擦破皮了，但她一點都不覺得痛，只是看著地下道大喊：「林羽田！」內心被強烈的恐慌支配。

幸好回應楊雅晴的，是兩個被丟出來的東西，一個是林羽田在醫院戴的眼鏡，一個是她的護身符。

林羽田還活著！

楊雅晴手腳併用地爬起，撿起這兩樣東西。她想再衝回去地下道，入口卻像有一片玻璃，她趴在上頭，看得到裡面卻不能進去！

「這是什麼？結界嗎？」楊雅晴驚慌地喊。

這時候，楊雅晴才發現從認識到現在，面對這些未知的事情時，她之所以不太害怕，是因為她知道只要自己轉頭，林羽田就在她的身邊。

但此時林羽田消失了，內心的安定感也消失了。

楊雅晴強迫自己冷靜下來。她問自己，如果我是羽田會怎麼做？

她看著林羽田丟出來的護身符與眼鏡，上面有著 **Pink** 的圖案。

——對了！羽田只說過愛妮莎跟多恩是內勤，那 **Pink** 呢？

可是，她不知道調查中心或其他人的電話，網路上也查不到。

楊雅晴乾脆起身攔了一部計程車，她要回調查中心搬救兵！

「請到這裡！」楊雅晴將手機定位拿給司機看。

坐在車上，她六神無主地握著自己跟林羽田的護身符，渾身發熱。這時她才冷靜下來，認為自己認識的林羽田那麼強悍，處理這種事的經驗這麼豐富，一定能撐到她帶支援來的！

她呆呆地看著前面的路，想到兩人離開地下道的那一刻。當時林羽田的表情似乎因為看到自己安全了，鬆了一口氣。

即使到最後一刻，林羽田也還是惦記著她。

她握緊手中的護身符，在心裡不斷默念：羽田，妳要等我。

但是，當計程車駛出巷口，馬上就被闖紅燈的轎車撞上。

巨大的衝擊跟破碎的玻璃都比不過楊雅晴心裡的驚慌。她拚命想想爬出車體，無奈凹陷的車體如同巨獸，緊緊咬住她的腳。

人失去意識前，最後消失的五感是聽覺。楊雅晴的眼前已經陷入一片黑暗，她似乎聽到有人尖叫跟剎車聲，她想說什麼，卻被黑暗壟罩。

這場車禍發生得很突然，有人尖叫報警，但是沒人看到卡在車體裡的楊雅晴被一個穿著制服的女生搬出來帶走了。等警察來到時，就只看到倒在方向盤上的司機，跟兩台撞凹的車子。

※

另一邊，在地下道裡——

看到楊雅晴離開，林羽田才鬆了一口氣。看來這個地下道就是對方能設下的結界極限了，她全身都感覺非常濕冷沉重。

她看著周圍，陳子泉既然會設下這種結界，不可能只是想把她關在這裡，一定還有後手能對付她。

隨著一陣拍手聲傳來，一個男人從黑霧中現身，「林羽田，妳倒是很冷靜……」

「……」林羽田沉默一會兒才開口：「陳子泉，是你在掌控余曉妍？」

「妳猜到的？」陳子泉從黑霧中現身。

「你一直出現在整個事件中，卻沒有任何關係，這不可能。」林羽田肯定地說。

「我真的好喜歡妳，聰明又美麗，只可惜妳知道得太多了。」陳子泉笑著說。

他身後的黑影蠢蠢欲動，即使林羽田沒有陰陽眼，此刻也清楚看到陳子泉的異常。

「被你討厭，我反倒會比較高興。」林羽田說完，她的弓箭迅速發出三聲嗡鳴聲，驅散一些黑氣。

但更多黑氣接著襲向林羽田，她靈活地閃過身。

一時間，兩人僵持不下，但陳子泉一點都不緊張。他看著林羽田閃過那些黑氣，就像貓在戲耍老鼠一樣。

他在等什麼？林羽田一邊閃躲那些黑氣一邊思考，一定有什麼被我遺漏了！

但是黑氣不給她思考的時間，每一次襲擊的速度都更快，甚至幾團黑氣會互相瞞騙佯攻。

這些東西在消耗她的體力！再這樣下去，她恐怕會在這場消耗戰中被殺死。

陳子泉熱切地看著自己的作品發揮，絲毫不在乎林羽田的性命。

但是，一旁的空間突然出現一點綠光。

瀅瀅的綠光緩緩飄過來，幾絲黑氣好奇地靠上前。

當黑氣聚集得越來越多，一道綠光突然燒掉了大部分的黑氣！

沖天的綠火中，一個婀娜多姿的身影走出來，「我說，是誰把我叫出來的？醜八怪！」

陳子泉戒備起來，他念著咒語想驅使黑氣回來，卻發現數量少太多了。

從黑影出來的身影正是Pink！他穿著黑色皮衣，一頭長髮黑亮如瀑，頭上卻有一對明顯的狐耳，他尖利的手爪上還有綠色的妖火。

「真是的，這麼一點小事也好意思叫我出來！」Pink說著，手上的妖火蔓延到整個空間，將所有黑氣燒盡。

「沒辦法，我下手不知道輕重。」林羽田解釋。

「不可能！這是我設的結界，不可能有人類能進來！」陳子泉不可置信地說。

「我可不是人類，醜八怪！」

Pink生氣地說完，身後九條張揚的狐尾甩動。

他可是天狐一族，區區一個半路出家的小道結界，他可不放在眼裡。

Pink放出漫天的狐火，將這些鬼氣一一燒淨，林羽田則虎視眈眈地看著陳子泉，將手上的弓拉起空弦對準他！

這時，有個血淋淋的女學生從陳子泉的陰影裡冒出來，塞了個東西給陳子泉就消失了。

陳子泉拿到那個東西，像是吃了定心丸，他對林羽田說：「林羽田，妳確定要攻擊我？」

林羽田停住動作，一旁的Pink也戒備起來。

陳子泉繼續說：「妳……就不擔心楊雅晴？」

聽到楊雅晴的名字，林羽田瞪著陳子泉，厲聲問：「雅晴怎麼了！」

「怎麼了？她已經死了。」陳子泉冰冷地說。

林羽田看著他漸漸瞪大眼，聲音也變得淩厲，「你說什麼？」

一旁的 Pink 攔住她要衝上前的的腳步，「羽田！這可能是假消息。」

但陳子泉得意地拿出一個吊飾，丟在地上，「這個可以證明吧？」

吊飾落在水泥地上，發出清脆的聲音。

那顆水晶本該晶瑩剔透，現在卻纏滿了黑色髮絲──那是林羽田給楊雅晴的吊飾！

「羽田！」Pink 極力抓住羽田，按著她的肩頭，「妳不要受他影響！」

「哦？」陳子泉冷笑，「不然妳能拿我怎樣？」

剛剛他只是在拖延時間，現在那個東西準備好了，眼前的兩人正好可以當成實驗品。

一團黑霧撲上前將 Pink 跟林羽田團團圍住，隱約的嬰兒哭嚎帶著強大的不祥，瞬間就將兩人的身影淹沒！

這是他自豪的鬼煉，是以許多人魂煉化而成的，是他的最大殺器，能刺殺於無形。只要被鬼霧沾到，就算是道行再高的人也會死！

他從高中隱忍到現在，這件事終於可以結束了！

陳子泉想起高中的自己。

他原本在班上很低調，直到陳滿華看到他身上戴了很多親戚給的護身符，之後那群人也不知為何開始針對他，對他冷嘲熱諷，還故意拿走他掛在書包上的護身符、釘在公布欄上，說他怪力亂神，打算詛咒全班，使他受到欺凌……

直到有一次，他發現可以親戚教他的咒術是真的能用在野狗身上！

他靈機一動，意識到這代表這些咒術也可以用在陳滿華那行人身上。

他佈線許久，耐心地將自己的鬼術練滿三年，才開始一一對那六個人報復。原本事情進行得十分順利，他都打算好了要繼續哄騙余曉妍、利用她的「黑令」遊走在鬼界的邊緣！

但出乎意料之外的是，他遇到了奇怪的地府搜查官林羽田，所以只能把計畫延後，直到楊雅晴出現。

他發現楊雅晴就是林羽田的軟肋，所以計畫了這個最後的陷阱，先將林羽田跟楊雅晴分開再各個擊破。

楊雅晴雖然有陰陽眼，但依然是肉體凡胎，只要一場簡單的車禍就能讓余曉妍順利帶走。但林羽田就比較困難了，而且她身邊還有天狐這種靈獸。

在這科技昌明的現代，居然還有山海經提到的天狐！如果可以煉化，肯定大有助益！

陳子泉看著林羽田所在的位置，明明黑霧蒸騰許久了，裡面卻沒有任何聲響，陳子泉皺起眉，覺得有點不對勁。按照他的經驗，一般人只能撐十分鐘，就算可以抵抗鬼嬰的戾氣，也不可能沒有任何搏鬥跟慘叫聲，而且鬼嬰也沒有任何哭嚎聲了。

陳子泉念咒，打算將鬼嬰收回來，卻發現沒有任何動靜。

不可能！陳子泉拿出護身的符咒。雖然他堅信自己的東西沒問題，還有護身的鬼母骨作為保護，但是他放出去的鬼嬰卻不聽自己的指令！

黑色的戾氣越來越淡，露出一對男女的身影，幾乎是一瞬間，女子的身影消失了！

陳子泉忽然感覺自己的鼻梁爆痛，一記爆拳打歪了他的鼻梁，讓他流出兩管鼻血。他整個腦袋發熱，但這只是開始，接下來劇痛落在他身上的每個位置。

胸口、肚子、膝蓋，鬼母骨擋得住魑魅魍魎，卻擋不住人體的暴力！

「等等……喔！」

陳子泉跪在地上眼眶泛淚，疼痛讓他哭了出來。但是林羽田絲毫沒有停頓，一記漂亮的右鉤拳打向他的臉頰，甚至打斷了牙齒。

「停……」

陳子泉喊停，但林羽田根本化身殺神，瞪著他衝上前。一抬腳，陳子泉直接被踹飛到牆上，然後緩緩滑落在地！

「嘖、嘖，哭得真慘！」Pink 靠在牆邊冷笑。

就如林羽田所說，她確實沒辦法好好把握力道，因為她非常極端，不動手的時候冷靜聰敏，但一旦動起手來，只能看你流的血夠不夠多，足以讓她冷靜了。這也讓特林沙一直很煩惱，因為林羽田每次辦案都順利解決、沒有殺人，但每個通緝犯被抓到後都特別怕女人。

「救命，殺人啊！」

陳子泉蹣跚地想跑走，但林羽田已經走到他的身後。感覺自己腳踝被抓住的陳子泉求饒，「妳要多少錢！我給妳！」他的牙齒缺了兩顆，講話時還會破音！

林羽田直接將人抓起來甩向牆面，發出砰的一聲。

陳子泉的哀號聲在地下道響起，現在他全身都痛，瘋狂地想要逃跑，但腦袋摔得七葷八素，根本不知道要往哪個方向。

「你沒搞懂嗎?重點是楊雅晴。」Pink在一旁搧風點火。

林羽田走過去，踩上陳子泉的關節，發出喀的一聲。

「啊啊啊啊!」陳子泉慘叫。

痛楚從腳踝傳來，而且隨著林羽田的動作一點一點地往上爬!

「嘖嘖!小田，妳這樣一個一個拆他的關節，恐怕還沒招就先心臟痲痺了!」Pink冷聲說，一點都沒有阻止的意思。

「我不想聽。」

林羽田的聲音出奇得冷，像是寒冰刮過骨頭，讓人戰慄。

——楊雅晴是她……最重要的人啊!

她內心的痛楚跟驚怒，讓她一點一點地拆了陳子泉的關節，然後慢條斯理地往上。

一旦她碰到陳子泉的後腰處，那將是他的喪命之時。

對林羽田而言，楊雅晴的死是陳子泉的安排，那她就送這個人去陪葬!

原本她不想展現出狠戾的一面，怕嚇壞楊雅晴，但現在已經無所謂了。

陳子泉想叫一旁的天狐幫忙，卻發現自己居然發不出聲音!只能驚恐地用眼神求救。

收到他視線的Pink走上前，摘走鬼母骨，「這種東西，騙騙那些養鬼者就算了，在我面前你好意思拿出來?」

不、不、不!陳子泉死命地看著Pink，用眼神求饒:我什麼都肯招，拜託你讓她停手!

「抱歉，誰叫你惹到小田，醜八怪！」Pink聳聳肩。

林羽田一等Pink說完，就卸下陳子泉另一隻腳的關節。整個地下道安靜得只有關節發出的喀喀聲，陳子泉的臉猙獰痛苦，臉頰上冒出顆顆汗珠，順著暴突的青筋往下流。

直到大腿的關節也被卸掉後，林羽田才開口：

「我原本不喜歡折磨人的，但既然你說雅晴已經死了，那我只好先送你下去賠罪了。」

陳子泉全身顫抖，他的褲襠濕了一塊，甚至有些臭味傳來。

他拚命搖頭想否認，但是林羽田的眼裡只有無盡的黑暗，他哀求地看向Pink：求求你！

Pink原本對林羽田折磨陳子泉的行為無所謂，但如果楊雅晴還活著呢？考量到這點，Pink點開陳子泉的啞穴。

「她……在體育館！」陳子泉哭著說。

林羽田原本要往男生最痛的鼠蹊部下手，聞言後突然停住。

「楊雅晴在體育館？」Pink淩厲地問。

「對，余曉妍把她帶到那裡去了！」

林羽田低下頭，接起陳子泉所有的關節，然後拎起他往牆上摔，「在哪裡？」

「……」陳子泉還在發暈，無法講話。

「拖延？」

林羽田將陳子泉的頭砸向地板，才三次陳子泉就招了。

「在泳池，余曉妍打算放水淹死所有人。」陳子泉鼻青臉腫地說。

「Pink，交給你了。」

林羽田說完就轉身跑出地下道，留下Pink跟陳子泉。

「那麼，我們來好好談談關於你使用惡咒這件事吧！醜八怪。」Pink彎起嘴角。

陳子泉顫抖地躲避Pink的眼神，看向旁邊的地板。但Pink的影子居然在光線下模糊變化，最後變成一隻狐狸的模樣，兩隻眼睛發出螢螢的綠光，非常滲人。

陳子泉就這樣嚇昏過去。

另一邊，林羽田趕到微星高中的體育館，這次整棟體育館充滿了鬼哭神號，她皺眉低語：「我討厭這樣。」

她往前走，從外套裡拿出一個鞭炮丟向門口，「別擋路！」

門口發出巨大的亮光，將擋門的遊魂嚇走。她推門而入時，巨大的陰氣撲面而來，但她只冷冷地說：「讓開！」

※

楊雅晴從黑暗中睜開眼，眼前是一片片白色的磁磚，還有水聲。

我……在哪裡？我好像出了車禍……

她看著周圍的景色，忽然驚覺不對！這裡不是車禍現場。

她馬上環視周圍，幸好現場沒有看到林羽田的魂魄，或許她現在還是安全的。

楊雅晴還在思考，卻看到一雙女生的腳憑空出現。那雙腳上穿著布鞋，但白色的襪子上有著血跡。

「醒了？」一個低沉的女聲說，帶著熟悉的感覺，「風紀，妳還記得我吧？畢竟在車站時，我們見過面。」

「妳是……」

楊雅晴抬起頭，熟悉的制服映入眼簾，是微星高中的制服。

她沿著制服往上看，血跡汙染了學號跟姓名，再往上是一張血肉模糊的臉，但是她知道大概這個身高的人。

「余曉妍。」楊雅晴喊出她的名字。

余曉妍的鬼魂看著她，表情非常複雜，似乎除了恨，還有悲傷、憤怒跟焦躁。或許她也不喜歡自己的結局，只是一切都不能後悔。

「風紀，他們堅持一定要找妳。」余曉妍表情悲傷地說，然後她的面目居然開始扭轉，最後變成另一個人的臉。

余曉妍變成了詹倩雯的臉，也用她的聲音開口：「雅晴，妳怎麼沒有認出我啊？」

然後又迅速扭曲成另一個人，一會兒是周一文，一會兒是陳滿華。

「少廢話，殺了她！」

「不行！」

「可是『他』握有我們的弱點，我們只能照他說的做！」
「他只說要楊雅晴死不是嗎？」
「那就動手吧！」
她的臉變來變去，像是一群人在開會討論。
楊雅晴覺得既可怕又悲傷，她不希望這些同學爭吵，又不懂為什麼他們會在余曉妍的體內，像是有人把這些人的靈魂放在同一個軀體。
余曉妍痛苦地跪在地上，用手按著臉，「閉嘴，閉嘴啊啊啊！」
「余曉妍，妳怎麼了？」
楊雅晴不懂發生了什麼事，只看到余曉妍的身上纏著好多黑氣，從腳擰纏著，直到頭部，那幾條靈魂似乎真的是共用一個身體。
「只有這樣，才能留住靈魂。」
「『他』要躲過冥府的規則。」
「真的好擠，不過只能這樣了。」
「自己都死到臨頭了，還有閒心管別人？」
那些黑氣輪流講話，像回答了楊雅晴的問題，又像在喃喃自語。
楊雅晴不懂，「黑氣？『他』是誰？為什麼要躲避規則？」
當楊雅晴感到疑惑時，余曉妍的意識佔了上風，黑氣慢慢組成她的容貌。
她站起身拍拍膝蓋，居高臨下地看著楊雅晴，「風紀，妳也知道我被霸凌的事情了吧？當初妳沒有發現我被欺負，那現在我也沒有發現妳。」

余曉妍轉身走到游泳池邊，將另一頭的水閥打開。泳池的水越積越多，漫過水池的刻度線，淹過楊雅晴的小腿，似乎是打算溺死她。

「所以整件事情，都是妳主導的嗎？」楊雅晴難過地問。

她偷偷拉動手，發現自己正跪在地上，而手跟腳被綁在一起。

余曉妍看到楊雅晴的動作，語氣幽暗地說：「掙扎是沒有用的，妳的手跟腳都被綁住，萬一頭朝下摔倒，那恐怕會加速妳的死亡時間。」

面朝下掙扎的話，會被水淹沒，窒息而死。

「余曉妍，妳恨全班嗎？」

如果按照她的邏輯，那班長、副班長，乃至整個班級，都是她的怨恨對象嗎？

「不是的……是，當然。」

余曉妍承認後又否認，似乎還有什麼在跟她的意識抗爭，導致她的面目扭曲。直到她咬牙，把某種東西壓制下來。

「那殺了我之後，妳打算怎樣？殺了羽田？」

余曉妍冷笑，「那個道家轉學生？當然。」

因為所有人都該死。

「為什麼！」楊雅晴不懂，「羽田根本沒有來到班上，她不算！」

儘管面臨死亡的威脅，楊雅晴還是想替林羽田說話，或許是因為內心有著來不及表達的情感。

「因為她阻礙我！」余曉妍恨恨地說。

「余曉妍，妳為什麼要這樣？欺負妳的人，妳都報仇了，但是其他人並沒有欺負妳啊！」

「是啊！」余曉妍點頭，「但是你們的冷漠殺死了我。」

楊雅晴看著她，「所以妳就有資格對全班報復？」

「對啊！只要你們都死了，我就開心了。反正大家都很厭世，也沒有誰真的有夢想啊！」她不屑地笑說：「所有人都整天醉生夢死，沉迷玩樂、沒有目標，那何必活著呢？一起死算了！」

「余曉妍，妳病了。」

此刻水雖然淹過了楊雅晴的膝蓋，也讓膠帶失去黏性。她趁說話的空檔搓開膠帶，想站起身卻發現無法動彈。因為她的腳被人按著，幾隻灰白的手抓著她的身體。

楊雅晴低頭與那些鬼魂對上眼，幾張熟悉的臉出現在她眼前——是陳滿華他們，是她的同學不讓她走！

「妳不准走，淹死妳！」張清華冷笑地拉著楊雅晴的一隻手。

「『他』說過，要殺了阻礙者。」周一文拉著楊雅晴的另一腳。

——他們口中的「他」是指陳子泉嗎？羽田現在平安嗎？如果我死了，余曉妍會對其他同學們出手嗎？

隨著水淹到楊雅晴的胸口，她的雙腿依然無法動彈。看著水漫過自己的身體，水壓沉悶，冷水中的雙腳已經漸漸失去知覺。

余曉妍站在楊雅晴面前，幽怨地問：「妳夢過我的人生，難道妳能說，那些人值得原諒？」

那六人組對她排擠欺凌，甚至過分地拍下裸照。她沒有做錯任何事，他們只是因為好玩、擁有她無法抵抗的蠻力，就可以毀掉她的人生嗎？

水淹上了楊雅晴的嘴，她不得不閉緊唇，咬牙仰頭，但水很快就淹過她的鼻子，她只好深吸一口氣，沒入水裡。

一旁的余曉妍冷冷地看著她。

我也是這樣，被你們的冷漠溺死的。

——砰！游泳池的門忽然被撞了一下。

余曉妍驚訝地轉頭，「誰？」

但來人只是繼續撞門。

余曉妍絲毫不在意。門已經被她上鎖了，任何人都沒辦法進來！

但是來人似乎非常暴躁，持續暴力地撞門，門板也承受不了這樣的暴力。在一聲「砰！」重響之後，門鎖被整個踢斷，游泳室的門被打開了。

從門後出現的，是林羽田面罩寒霜的臉。

「阻止她！」

余曉妍指揮幾絲黑霧。霧氣在她的指引下衝到林羽田面前，想要攔住、攻擊她。

「我原本不打算動手的。」林羽田冷冷地說，一揮弓就斬斷了黑霧。

這把弓不是凡物，因此她每揮一下，就劃傷一個靈魂。看似沒什麼傷害，周圍的鬼魂們仍虎視眈眈。

但變故突然發生，幾個鬼魂被劃過後幾秒，才驚恐地看著自己身上的傷口——已經死亡的他們還有痛的感覺！

「讓我動手，就沒有後悔的機會了。」說完，林羽田闔弓念咒。

金黃的火焰從鬼魂的傷口處燃燒起來，直到整個靈魂被燒滅。

「不可能，為什麼妳能碰觸到鬼魂！」余曉妍生氣地說。

林羽田不管她，只是眼神巡梭著泳池，發現楊雅晴在池水裡，馬上就要衝過去撈起她！

但余曉妍怎麼可能讓她如意。她指揮更多鬼魂撲向林羽田，但只是一個錯身，林羽田詭異的身法一轉一推，就將余曉妍推向那些惡鬼。

一瞬間的時間，余曉妍就被鬼魂撕裂了！她痛苦地在地上翻滾，流出濃稠的黑血。

——噗通！

林羽田跳入泳池，準備將楊雅晴救出，卻發現她的手腳都被綁了膠帶，她只好先浮出水面深吸一口氣，然後潛入水中。

她扳開楊雅晴的嘴，呼了一口氣進她的嘴裡。

水面上一片平靜，過一會兒才有幾個水泡浮上來，接著林羽田抱著楊雅晴浮出水面！

「雅晴！」

林羽田扶著楊雅晴，將她拖到泳池邊讓她扶著欄杆，要她順著泳池的梯子爬上去。

楊雅晴臉色發白，差一點就要溺斃了，但在她撐不下去時，她看到林羽田像美人魚一樣靠近自己，在她嘴裡渡了一口氣，她才能撐住。

楊雅晴沒有昏迷，只是剛剛被許多鬼壓制，讓她用了很多力氣，余曉妍的報復也讓她寒心，差點活不下去的恐懼更讓她接近崩潰。

「……羽田？」

楊雅晴想確認眼前的林羽田是真實的。她真的安全地從地下道逃出來了？

「能走嗎？」

林羽田將楊雅晴推上岸，兩人終於離開了泳池。

但楊雅晴剛上岸，就感覺身後一空，林羽田的力道消失了！

她回頭看時，林羽田被拖入了水中，她緊張地看著泳池，水光粼粼的泳池中浮現一團紅色。

她受傷了！

想到這裡，楊雅晴就不能冷靜，她看著血色渲染了整個泳池，大喊：「羽田！」

幸好，一會兒林羽田就浮了上來，楊雅晴連忙拉著她的手，將她也拉上來。

兩人溼答答地坐在池邊，楊雅晴緊張地看著林羽田。因為林羽田全身穿著黑色，因此她直接拉開她的衣服，檢查到底是哪裡受傷了，為什麼會流出這麼多血！

「妳沒事吧？」

看到她的左手臂帶著血痕，楊雅晴拉開林羽田的外套，發現她的手腕被劃了一道傷口，幸好傷口不深。

「沒事。」林羽田虛弱地對楊雅晴笑，「幸好妳沒事。」

楊雅晴卻直接抱住她，「羽田！」
林羽田不禁愣住。楊雅晴這樣抱她，讓她有幾分心跳。
或許，楊雅晴只是太害怕了。
或許，是她很冷。
有很多很多的或許，林羽田說服自己，這個擁抱或許只是純友誼的。
「妳不要再這樣了！」
這一句話讓林羽田回到現實。
林羽田沒有說話，楊雅晴看著她說：「不要再為了我，衝進危險裡好嗎？」
「我是自願的。」林羽田一邊解釋，一邊拉開距離。
泳池裡恢復平靜，而Pink從遠處拎著陳子泉過來。
特林沙靠在門口，對兩人說：「看來妳們的任務執行得很順利嘛！」
林羽田一臉好奇：「BOSS？妳怎麼來了？」
「收尾了。陳子泉的部分Pink處理好了，就剩這邊了。」
特林沙說完轉身，楊雅晴才發現她後面跟著兩個穿西裝的男士，顏色是一黑一白。
那兩位就是在醫院遇到的，林羽田稱為長官的兩個男人，他們是冥府的使者、引渡人……
楊雅晴的腦海中突然閃過一個念頭——他們就是黑白無常啊！
她瞪大了眼，所以特林沙不但認識警察局長，也真的跟地獄有連結！
她呆呆地被林羽田拉上車，在副駕駛座上緊張地抓著林羽田。

「羽田！」

「已經沒事了。」林羽田平靜地說。

所有事情都解決了，他們抓到了陳子泉，地府也派人來處理了，終於可以放心了。

楊雅晴還是有些緊張，但是林羽田拍了拍她的肩，「我們回去吧。」

尾聲

程雨冰在黑暗的房間打著鍵盤。

她分神看了一下時間，今天是二十五號，她是不是遺漏了什麼？

她的眼神巡梭，看到一旁的藥盒，一陣頭痛襲來，思考著是否要吃個止痛藥。

這時，外面響起鞭炮聲，她看著手機上的日曆，今天是鬼門關，但她跟人有約，關門的時辰已經過了，應該沒關係吧？

頭又抽痛了一下，但程雨冰還是決定不吃藥，怕會影響到她正在做的醫美恢復。

詹倩雯的臉雖然不如自己，但身材居然比自己好，因此她回家用整形的名義，跟家裡拿了一筆錢進行改造，完全沒有人懷疑。

碟仙事件過了一個月，沒有任何人再來找她，楊雅晴也不再打電話給她，這應該就表示自己安全了吧！

程雨冰回頭繼續打字，將這次同學會的所有事件打成文章，發在社群軟體上。

或許碟仙的預言真的沒錯！她回想起那時候，他們輪流問了自己的未來，最後陳滿華真的死在滿是水氣的浴室；張清華全身癱瘓，躺在病床，而自己跟詹倩雯換了臉。

她加油添醋地把這串經歷寫進去，反正事情應該會隨著鬼門關閉而落幕，她也可以藉此增加一些點閱率。

電腦螢幕的冷光照在她的臉上，讓她看起來很冷艷。敲下最後一個字，她把這串文章發送出去，幾乎只隔幾分鐘，讚數就蹭蹭往上竄，她微笑著端起一旁的咖啡，喝了一口。

滴鈴！手機響起提示音。

她在網路上認識的男生已經到樓下了，程雨冰走到浴室替自己抹上口紅，提起包包下樓。狂歡一夜後的早晨六點多，程雨冰被人載了回來。走回房間卸妝後，她走到筆電前查看，發現文章下面的留言多了很多，卻有人開始酸言酸語。

她重新整理網頁，看著自己發的貼文，這時突然彈出另一篇文章，讚數居然比自己的多！

程雨冰嘟起嘴，到底是誰啦！

那篇文章是女生心情版的，標題是「某大學做作女生＃鬼門關妳不跟著回去，留在這邊噁心人……」。

程雨冰覺得這個標題有些熟悉，點進去一看，馬上氣得檢舉，可是官方給她的回應是，她非發文人，所以無法刪除！

原來那是她罵詹倩雯的文章，還故意選在鬼門關後上傳。

但現在，她就是詹倩雯！

她瀏覽著留言，不但有許多人截圖，昨天的曖昧對象居然也貼出照片問是不是她，還公開了她的地址！

程雨冰第一次嚐到什麼是作繭自縛。她的手機早已摔壞，但是這個網站認證需要用手機解鎖，因此她打給客服，口氣不好地說：「我要求你們立刻刪除這篇文章！」

經過一連串確認，客服淡淡地說：『小姐，我們必須確認妳是本人才能刪除文章。』

「我就是本人！」程雨冰生氣地說。

『可是妳不記得身分證字號，電話又丟了，這樣我們怎麼確認您是本人？』

叮！

程雨冰看著詹倩雯的手機，學校的群組裡居然有人傳了這篇貼文！

她更焦急地想要刪掉這篇貼文！

「我不管，那是我男朋友幫我辦的帳號，我就是要刪除！連帶那篇該死的文章！不然我就告死你們！」

客服也有些不高興，『那妳男友在嗎？請他確認資料可以嗎？』

程雨冰頓時語塞。這帳號是陳滿華和她交往時幫她辦的，她實話實說：「他已經死了！」

客服一陣沉默，程雨冰卻以為自己的理由被接受了，命令道：「你們最好趕快處理，不然我就告你們毀謗！」

客服終於受不了，『小姐，請妳不要開玩笑好嗎？我們已經錄音了，如果妳真的要走法律程序，那我們也沒辦法！』

客服說完就掛了電話。

程雨冰喂了幾聲，發現客服真的掛了電話，她氣得想砸電腦！

最後她只能在留言處不斷洗版：「我就是本人！」

但是官方絲毫不為所動，反而有人將她截圖，傳到更多人用的社群網站上。

程雨冰看著電腦尖叫：「啊啊啊啊啊！」

她沒發現背後的廁所門緩緩打開，一絲黑氣滲流出來。

門要關了！

※

一團團黑氣在廢棄的體育場蔓延，幸好現在已經天黑，否則看到的人類會嚇死，因為這裡有一群鬼排著隊，正準備進入眼前的建築。

「一共五百九十四人！大人，我們回收男鬼三百九十、女鬼二百零四，共五百九十四人。」那個白衣男子拿著一份名單，請特林沙簽名。

這次陳子泉造成了很多困擾，除了亂用祖先的咒術，更亂拘遊魂自用，導致冥府要特別找人幫忙，才能讓鬼魂們繼續輪迴。而林羽田跟楊雅晴都被送到調查中心救治，只留下特林沙跟Pink。

特林沙點點頭拿起名單端詳，但是將幾個人的名字劃掉。

陳滿華、程雨冰、詹倩雯、周一文、張清華、水玉秀、余曉妍，這幾個名字被特林沙一一劃掉。

「這幾個人……」白衣男人有些遲疑地看著特林沙。

劃掉之後，就等於冥府無法將他們帶走，讓這幾個殘魂留在人間無法輪迴，不是不太妥當？

但特林沙只是橫過一眼，白衣男子連忙低下頭。剛剛那一眼威壓極重，是統領過千萬妖魔鬼怪的人特有的眼神。

他在心裡滴汗，自己成鬼也有千年了，但是在特林沙面前也只能算是小孩。

許多人都忘了眼前穿著套裝、高跟鞋的女子，曾經是與閻羅大人共管地獄，也是閻羅大人的妹妹，被稱作閻魔的女子——他居然敢質疑她的決定！

特林沙開口：「既然冥府受理了余曉妍的申訴，那就應該按照程序執行，白無常大人，你說是嗎？」

「是。」白衣男人，也就是白無常點頭。

「冥界也是有王法的，應該遵照王法做事。難道你想打破規矩？」

白無常低著頭。冥府確實是如此，遵照規矩是他們的使命，冥府之所以能執行千萬年還屹立不搖，就是因為他們冥頑到只遵循上位者的命令。

但是特林沙卻讓閻羅王改變了方式。

白無常遲疑一會兒，還是抵不過內心的聲音，低聲勸解：「余曉妍也算報仇了，如果繼續留在世間……於她鬼體有礙。」

為什麼會有奈何橋、孟婆湯？當然不是因為冥府需要庭院造景，而是經過這層層的關卡，可以洗掉靈魂的貪嗔痴，將怨恨跟痛苦拔除，讓每個魂魄可以完全重新投胎。

有些鬼的怨恨太深，他們也會讓鬼魂領旨報仇，雖然還是有不夠周延的部分，但大部分的魂魄都能經過這樣的洗禮重新投胎，面對人生、延續人界。

但是特林沙的作法，卻會讓人界的人數減少，這真的沒問題嗎？

「那也不是我們決定的。」

特林沙抬起手，手上就多了一本檔案。

是林羽田拿給楊雅晴的那本余曉妍報仇的申請書，她將其還給白無常。

「可再這樣下去，余曉妍的鬼體恐怕會消失。」

白無常接過檔案，還是有些不忍。這個女孩有些偏激，如果現在放下怨恨，其實還有大好的人生在等她。

「那也是她的選擇。」特林沙看著白無常，「所有的現在都會變成過去，直到過不去為止。無常大人，您不應該是最瞭解的嗎？」

白無常愣住後有些理解。畢竟特林沙是閻魔大人，有可以看穿所有鬼魂的法寶，自然也知道自己的過去。

他自己為人時因科舉落榜，無顏面對家人而選擇自盡，但是任無常一職後，他才有所領悟。落榜也是一時，若他能堅強一點，回家一嚐農家樂不也是件美事？可是當下他就是跨不過那道坎，現在才會在這邊。

「任命無常一職，難道大人不瞭解藉緣而生，有生之法終必壞滅？人、魂，甚至是規矩都是一樣的。」特林沙淡漠地說。

比起規矩，她更相信人性。余曉妍的鬼魂留在人界，當然會繼續報仇，但所有情感會隨著時間而磨滅，一但沒有新的情感產生，鬼魂的時間無窮無盡，等她不恨了、釋然了，自然會走向輪迴。

當然，她也要償還一些因果。

整件事情雖說是出於余曉妍的報仇，卻有利用她來達到自己目的的詭徒，這才是她成立調查中心的目的——將這些詭徒抓出來，避免規矩被惡意玩弄與扭曲。

特林沙知道這無疑是螳臂擋車，但是制度需要維持跟修改，而她的時間也無窮無盡。

白無常帶著文件，對特林沙鞠躬後身影慢慢消失。

至於什麼時候會再遇到，那就是之後的故事了。

——地府犯罪調查中心系列《請詭》完，下集待續——

高寶書版集團
gobooks.com.tw

GSL006
地府犯罪調查中心 1st Case 請詭

作　　者　馥閒庭
繪　　者　Cola Chen
編　　輯　陳凱筠
美術編輯　林檎
排　　版　彭立瑋
企　　劃　李欣霓

發 行 人　朱凱蕾
出　　版　三日月書版股份有限公司
　　　　　Mikazuki Publishing Co., Ltd.
地　　址　臺北市內湖區洲子街 88 號 3 樓
網　　址　www.gobooks.com.tw
電　　話　(02) 27992788
電　　郵　readers@gobooks.com.tw（讀者服務部）
傳　　真　出版部　(02) 27990909　行銷部 (02) 27993088
郵政劃撥　19394552
戶　　名　英屬維京群島商高寶國際有限公司臺灣分公司
發　　行　英屬維京群島商高寶國際有限公司臺灣分公司
初版日期　2023 年 3 月

國家圖書館出版品預行編目 (CIP) 資料

地府犯罪調查中心 / 馥閒庭著 . -- 初版 . -- 臺北市：三日月書版股份有限公司出版：英屬維京群島商高寶國際有限公司台灣分公司發行 , 2023.03
　面；　公分 . --

ISBN 978-626-7152-22-5(第 1 冊：平裝)

868.257　　　111008987